# 평론가 K는
# 광주에서만
# 살았다

# 평론가 K는 광주에서만 살았다

김형중 에세이

## 차례

0

## 염세적인 K씨,
## 광주를 걷기까지

# 생각해보면 여기는 완벽한 공동체였다

K는 스스로를 염세적인 사람이라고 믿는 편이다. 알려진 바와는 달리 그는 의외로 자주 우울하다는 생각에 빠져들고, 거의 매일 저녁 산책을 나서는 것 외에 용무가 없는 한 잘 움직이지도 않으며, 혼자서 술을 마시는 일도 잦다. 학문이란 걸 시작하던 초입부터 죽음에 관련된 책들을 유독 많이 읽었고, 한국에 프로이트 전집이 번역되던 1990년대 후반부터 열렬한 프로이트주의자였으며(그전까지 그는 스스로를 마르크스주의자, 특히 알튀세르주의자라고 믿었다), 우울한 호러 영화와(가령 아벨 페라라 감독의 〈어딕션〉 같은) 느리고 단순한 팝 음악을(특히 아이슬란드의 조촐한 밴드 음악) 좋아한다. 날씨에 민감하게 반응하고(그는 봄에 비가 오면 전혀 일하지 못한다. 실은 꽃이 피거나 낙엽이 떨어져도 일하지 못한다), 〈국제시장〉 따위 시시한 영화를 보다가도 울고(그는 〈응답하라 1988〉 시리즈를 보며 얼마나 울었는지 남들에게 말하지 않았다), 부친상을 당하고 얼

마 동안은 혼자서 아버지가 누워 있는 묘지에 찾아가 정작 묘소에는 들르지도 않은 채, 해가 지는 걸 보며 차 안에서 소주 한 병을 비우고 오기도 했다(어떤 날은 실제로 아버지를 봤다고 믿고 있다).

그는 자신의 그런 증상에 대한 몇 가지 이유를 가지고 있기도 한데 그가 쉽사리 내뱉곤 하는 말들, 가령 "연구실이(그는 대학 선생이다) 비좁고, 거의 운신하기 힘들 만큼 책은 빼곡하게 쌓여 있는데, 볕이라고는 하루 20분 정도밖에 들지 않아서"라거나 "유년기를 그다지 밝게 보내지 못해서", 혹은 "세상이 이 모양 이 꼴이라서" 따위는 진짜 이유가 아니다. 내심 그가 그런 증상의 가장 큰 이유로 의심하고 있는 것은 가족력이다. 모친을 비롯, 그의 모계에는 조울이 남긴 상처가 깊다.

혹자는 우울을 두고 '나약한 정신의 과시욕'이라고 말하기도 한다. 그런 말을 듣거나 읽을 때, 물론 K는 뜨끔하다. 자의식이 강한 그이고 보면 당연하기도 한데, 그는 자신이 감정을 과장할 때가 많다는 걸 안다. 실제로 그는 학창 시절 우울을 과시하느라 여념이 없어서 『자살의 연구』 『젊은 날의 초상』 『죽음에 이르는 병』 따위의 책들을 이해하지도 못한 채 옆구리에 끼고 다니며 몇 가지 소소한 재미를 보기도 했다. 포즈가 버릇이 되고 버릇이 굳어져 염세적이 된 것은 아닌가? 그는 종종 자문한다. 물론 알 수 없다.

한 인간의 성격 형성 과정이 얼마나 복잡한지에 대해서라면 K도 잘 알고 있다. 아마도 그를 기른 것들 중 8할은 포즈였으리라. 그러나 또 8할은 모계 유전이었을 것이고, 8할은 그가 세계와 꾸준히 유지한 적대 관계였을 것이고, 또 8할은 그가 나고 자란 광주의 풍토였을 것이고, 1968년에 태어나 1970년대와 1980년대와 1990년대와 2000년대를 계속되는 실망과 낭패 속에서 살아오게 만든 이 빌어먹을 나라의 역사에도 8할의 원인은 있었으리라. 성격 형성에 관한 한, 8할에 8할에 8할에 8할이 더해지면 32할이 되는 것이 아니다. 그저 아주 복잡한 8할이 되는 법이다.

하여튼 스스로도 그렇게 불리는 것에 대해 별다른 반감이 없는 듯하니, 그를 '염세적인 K'라고 해두자. 그런 그에게 어느 날 그간 그가 써온 것과는 전혀 다른 형태의 글을 써보라는 제안이 들어온다(그는 문학비평가다. 그리고 서평이나 평론 외에 다른 글쓰기는 거의 해본 적이 없다). 광주를 걸어보란다. 평소 글 욕심이 많아 무슨 글이든 일단 쓰겠다고 하고 나중에 후회하는 일이 잦은 그다. 당연히 쓰겠다고 했단다. 후회는 나중에 찾아오게 될 테지만 우선은 반가웠는데, 그로서는 이 새로운 글쓰기에 대해 몇 가지 계산이 없지 않았던 것이다.

첫째로, 그는 광주에 아주 오래 살았다. 아니 광주에서만 살았다. 정확히는 '송정리'에서 한 20년 살았고 나머지를 광주에서 살았지만, 그가 광주로 주거지를 옮긴 지 2년 후(1988년) 송정리가 속해 있던 광산군 전체가 광주의 한 구(광산구)로 편입되었으니, 그는 결국 광주에서 평생을 산 셈이다. 그렇다고 그가 광주를 많이 사랑하는지는 알 수 없다. 광주가 사랑할 만한 도시가 아니어서가 아니라 K가 뭔가를 마음을 다해 사랑하는 유의 사람은 아니기 때문이다. 어쨌거나 광주를 걸어보고 산문을 써보라는 제안을 받았을 때, K가 그다지 깊은 고민을 하지 않았던 첫째 이유가 그와 같았다. 그는 별다른 이변이 없는 한, 그대로 광주에서 살다가 광주에서 죽을 참이었다.

둘째로, 몇 해 전 그에게 꽤 그럴듯한 카메라가 생겼다. 캐논 50D. 최상급은 아니지만, 정식으로 사진을 공부해본 적이 없는 K의 눈에 자신이 찍은 피사체가 제법 근사해 보일 정도의 화질은 보장하는 기종이다. 제자였으나 이젠 후배가 된 소설가(정용준이다)의 조언과 도움으로 덥석 카메라를 산 후, 아예 카메라를 차에 싣고 다니면서 틈만 나면 셔터를 눌러대는 것이 K의 두 가지 취미들 중 하나가 되었다. 그리고 글을 제안받던 그때만 해도 그는 자신이 제법 사진을 잘 찍는다고 생각하고 있었다. 이 착각의 경우 역시 SNS가 문제였는데, 페이스북의 호의적인 친구들 사이에서 그의 사진은 실제보다 훨씬 과장된 찬사를 받았고, SNS의 속성을 뻔히 알면서도 그는 그 찬사에 눈멀었다. 그래서 광주 여기저기도 찍고 싶었고, 찍으면 글도 저절로 쓸 수 있게 될 거라 믿었다.

셋째로, 사진 외에 그의 나머지 취미가 음악을 듣는 것이다. 그것도 걸으면서 듣는 음악…… 2008년 겨울, 건강검진 결과가 나오자마자부터(약간의 당뇨와 고혈압 증세가 있었다) 그는 별다른 일이 없는 한 거의 매일 밤 산책을 나서기 시작했는데, 처음에는 그저 무료한 발걸음에 박자나 맞추자고 듣기 시작한 음악이 이제는 생활의 일부가 되어버렸다. 읽고 쓰기 싫을 때 음악, 운전할 때 음악, 마음을 정결히 해야 할 것 같은 생각이 들지만 실은 뭔가 회피하고 싶을 때 음악, 아내와 아이들에게 그럴듯해 보이고 싶을 때 음악, 일요일에 한 번씩 하는 대청소를 대충대충 하면서도 죄의식을 느끼고 싶지 않을 때 음악…… 말인즉슨 좋은 음질의 이어폰을 귀에 꽂고 광주 구석구석을 걸으며 카메라 셔터를 누르는 자신의 고독한 뒷모습에 K는 반했던 것이다. 그리고 글을 쓰게 되면 매 글의 말미에 그곳을 걸으며 들은 음악을 적는 것도 좋겠군 싶었다.

넷째로, 그가 광주를 걸어보기로 작정한 데에는 일말의 사명감 같은 것도 작용했다는 말 정도는 덧붙여야 공정하겠다. 실은 이 이유가 가장 컸다. 그는 5·18을 다룬 최윤의 소설에 대한 글로 2000년에 등단했다. 그리고 매년, '5월 문학'에 대한 글 한두 편씩은 쓰려고 노력하고 있다. 작가 임철우를 존경하고(그는 평생 누군가를 존경한다는 말을 거의 하지 않고 살아온 사람이다. 아니 말로는 종종 했지만 마음 깊이 존경하는 사람은 별로 없다), 한강의 『소년이 온다』를 최근의 한국 문학이 낳은 걸작이라고 여기고 있으며, 참으로 신뢰하는 작가 백민석에게는 5·18에 대한 소설을 써보라고 종용하고 있기도 하다. 5·18기념재단에서 이런저런 심부름을 시키면 마다하지 못하고, 종종 이유 없이 망월묘지에(주로 구묘역이다) 들러 이제 초라하게 낮아져가는 봉분들 사이를 걸어다닌 적도 있다. 그는 광주에서 일어난 36년 전의 그 일에 대해 뭔가 할말이 더 있을 거라고 생각했다. 이전과는 다른 어떤 말들이, 다른 사람들이 하지 않았거나 못 한 말들이……

그러나 그로부터 몇 달이 지난 후, 예상했던 대로 염세적인 K는 마음이 많이 무거워진 채로 하얗게 비어 있는 모니터 앞에서 술 생각이 간절해진 자신을 발견하게 된다. 걷고 듣고 찍고 쓰겠다던 이유들이 이제 하나같이 걷지도 듣지도 찍지도 쓰지도 못하는 이유가 되어 그를 압박했다. 그는 우울해졌고 다시 염세적이 되었다. 글을 시작하기 전 워밍업 삼아 음악을 듣다가, 나중에는 음악에도 집중하지 못한 채 하루 종일 멍하게 앉아 있는 날들이 많아졌다. 이유는 다음과 같았다.

첫째로, 한 도시에서 오래 살았다는 것이 저절로 그 도시를 잘 안다는 사실의 보증은 되지 않는다는 걸 K는 인정해야 했다. 종종 술자리의 화제가 되기도 하는 그의 길치는 아는 사람들 사이에서는 제법 유명하다. 그가 내비게이션 없이 찾아갈 수 있는 장소는 집과 학교와 자주 들르는 서울의 모 출판사 정도가 다다. 광주에는 길에 관한 한 모험심이 전혀 없는 그가 가보지 못한 곳이 많았고, 여러 장소들의 역사와 그 안에 묻혀 있는 사연들에 대해서라면 그는 더욱더 아는 것이 없었다.

타고나지 못한 공간 인지능력은 그렇다 치고, 우선 그는 정말 자신이 광주를 사랑하는지 회의에 빠지기도 했다. 문단의 이러저러한 일로 서울행이 잦은 그는(그의 마음 또한 오래전부터 서울행이 잦았다. 한국 문학은 주로 서울에 계시기 때문이다) 평소 스스로의 정체성을 다소 냉소적으로 '탈식민주의적'이라고 생각할 때가 많았다. 말하자면 K는 스스로를 '하인숙씨 닮은 자'라 생각해오던 터다. 「무진기행」의 그 유명한 여교사 하인숙 말이다. 상경하지 못해 조바심치면서도 속물들의 술자리에서는 〈목포의 눈물〉을 부르던 그녀의 노래는 참으로 이상한 양식의 노래였는데, K는 자신의 글이 어쩌면 그런 양식이 될지도 모른다고 생각했다. 〈목포의 눈물〉은 목포를 사랑하는 사람이 불러야 제맛이 나는 법이다.

글을 쓰려고 작정하자 K는 뭐랄까, 프란츠 파농의 비유를 빌리자면 자신이 등단 후 15년간 '광주 피부'에 '서울 가면'을 눌러쓰고 살아온 것은 아닌가 싶은 자의식에 시달리곤 했다. 진지하게 고쳐 말하자면 그는 자신이 광주에 대해 쓸 자격이 있는지 자신이 없어졌던 것이다. 이 책에서 그가 일인칭 '나'가 아니라 삼인칭 'K'로 등장하게 된 것도 그런 이유다. 독자들에게 전하거니와 그는 이 책을 광주라는 도시에 대해 말할 온전한 자격을 갖춘 이가 쓴 것으로 읽지는 말아주기를 바라고 있다. 다만 한 발치 떨어진 곳에서 걸어본 광주의 모습이 주는 어떤 미덕 같은 것은 기대해도 좋으리라.

둘째로, K는 자신이 광주 전체를 다 걸어볼 수 없다는 사실 또한 받아들여야 했다. 이 책의 성격이 광주 여행 안내서 따위가 되어서는 안 된다고 생각했기 때문이다. 가령 여행 안내서라면 이 도시를 찾는 많은 외지인들의 먹을 곳, 마실 곳, 놀 곳, 잘 곳이 즐비한 상무지구 신도심에 대해 쓰지 않을 수 없다. 그러나 K는 그곳에 대해 별로 할말이 없다. 수많은 모텔과 유흥업소들이 불야성을 이루는 곳, 그러면서도 한편에 5·18기념공원과 자유공원, 김대중컨벤션센터와 거대한 아파트 단지들이 마치 무슨 3차원 콜라주 기법을 실험하듯 나란히 들어서 있는 그 지역을 그는 그다지 좋아하지 않는다. 그도 나이가 든 것이다. 비슷한 이유로 그는 무등산에 대해서도 별 관심이 없다. 전 국민의 유니폼이 되어버린 고급 등산복을 입은 중년들의 산행에 그는 아직 동참할 마음이 없다. 그는 들어가는 나이를 인정하고 싶지도 않은 거다. 게다가 K는 어딘가 오르는 것을 무척 싫어한다.

결국 이 책에 기록된 K의 걸음은 상당히 주관적이고 편파적인 셈이다. 그는 주로 그가 나고 자란 곳, 겪은 곳, 그래서 그의 삶에 흔적을 남긴 곳 위주로 걸었고, 그러면서도 요행이나마 그 걸음이 어떤 보편성 같은 걸 얻을 수 있기를, 그 걸음이 혼자 걷는 걸음만은 아니기를 바랐다. 말하자면 아주 사적이면서도 공적인 걸음이 되기를 그는 기대하고 있다.

셋째로, 그가 걸으면서 찍은 사진과 들은 음악들도 인쇄용으로는 별

쓸모가 없었다. 처음에 K가 그려보았던, 절묘한 음악과 아우라로 가득한 사진과 고독한 사내의 뒷모습 같은 것은 실로 유치한 상상이었음을 그는 금세 깨달았다. 공공의 독자들에게 인쇄된 상태로 보여줘야 한다고 생각하자, K는 자신이 찍은 사진들의 실체와 대면해야 했다. 사진에 관한 한 그는 나르시시스트였던 것이다. 자신의 이미지에 매혹당했다는 의미에서…… 게다가 그가 오랜만에 곰곰 걸은 광주의 거리들은 그에게 감상을 허락하지 않았다. 그는 역시 염세주의자였다. 그래서 그의 카메라에는 매번 낡고 바래가는 것들, 허황되고 못마땅한 것들만 주로 잡혔고, 그마저도 구도와 화질이 형편없었다. 음악도 마찬가지였는데, 무엇보다 들을 새가 없었고, 듣자니 소리가 마음과 겉돌았다. 더더군다나 음악은 인쇄할 수도 없었다. 독자들에게는 이 점 미리 감안하시기를 권한다.

많이 망설이고 주저하느라 K의 걸음은 더디고 서툴렀다. 불안해하기도 하고 두려워했던 것도 같다. 그러나 결국 그의 광주 산책은 이렇게 사진과 음악이 곁들여진 한 권의 책으로 묶이게 되었다. 부끄러워서 그는 지금 쥐구멍 속에 숨어 있다. 아마 또 염세하고 있겠지. 그러나 염세적인 K씨, 그가 감사하는 법을 아예 모르는 사람은 아니다. 쥐구멍 속에서도 그는 두 사람에게 특별히 감사하고 있다.

『광주 1백년』(전 3권, 금호문화, 1994)의 저자, 박선홍 선생…… 개화기 이후 광주의 풍물에 관한 한 가장 정확하고 방대한 정보들을 담은 이 책이 없었다면 K의 걸음은 이보다 더 앙상하고 볼품없었을 것이다. 걷는 내내 K는 이 책에 많은 것을 빚졌다. 그리고 시 쓰며 책 만드는 김민정…… 광주를 걸어달라고 제안하고, 이후 잘 걷지 않는 그를 채근하고, 그가 다 걸을 때까지 기다려주고, 결국 그의 초라한 걸음을 이렇게 한 권의 책으로 묶어준 이가 그다.

# 1부 — 태어난다는 것

# I

# 당신은 지금 송정리를 떠나고 계십니다

달리는 기차를 탄다.
자기가 어디서 와서(기원) 어디로 가는지도(목적) 모르는 도중에
아주 조그만 어느 역 부근 오지에 내린다.
선술집에 들르고, 맥주, 위스키.
"어디서 온 친구야?"
"멀리서."
"어디로 가나?"
"몰라!"
"아마 일거리가 있을 게야."
"오케이."
그리고 우리 친구 니코스는 일을 시작한다.

—루이 알튀세르, 「유물론 철학자의 초상」

# 태어난다는 것

K는 금남로부터 걸어야 한다고 생각했다. 알다시피 1980년 5월 이후로 금남로는 광주에서 가장 상징적인 길이 되었다. 그 길 위에서 훗날 '절대공동체'라 불리게 될 어떤 것(어떤 상황, 집단, 연대, 용기, 효과, 폴리스, 직접민주주의……, K는 그것을 지칭할 적당한 용어를 아직 찾아내지 못했다)이 발생했다. 그래서 사람들은 광주 하면 금남로를 떠올리는 것이 일반적이다. 그러나 정작 그의 발길이 가장 먼저 닿은 곳은 송정리(광주시에 편입된 이후로도 사람들은 이곳을 여전히 그렇게 부른다)였다. 금남로는 그에게 너무 익숙했고, 뭔가를 쓰기 위해서가 아니라도 자주 걷는 곳이었다. 게다가 그는 고향과 해결할 일이 좀 남아 있었다.

그에게 고향 송정리(도산동)는 양가적인 감정을 불러일으키는 곳이었고, 그래서 이제는 외숙모 혼자 지키고 있는 외가에 수년 전 모친을 모시고 잠시 다녀온 후, (KTX를 타러 역을 경유하는 경우를 제외하고는) 근자에 영영 발길을 하지 않고 있었다. 시골 출신의 많은 사람들이 대체로 유년기를 아름답게 기억하는 것과 달리, K는 자신의 유년기가 누추했고 변칙적이었으며, 그 질에 있어 평균을 한참 밑돌았다고 믿고 있다. 그래서 그가 고향에 대해 취하는 태도는 마치 이청준의 소설 「귀향 연습」의 주인공이 하던 짓과 흡사했는데, 왜냐하면 그에게 송정리에 가보고 싶은 마음이 아예 없지는 않았기 때문이다. 사실을 말하자면 그 반대였다.

적지 않은 꿈들 속에서 K는 여전히 송정리의 그 단층 붉은 벽돌집에 산다. 여전히 거기서 먼저 죽은 형과 싸우고, 동생들과 논다. 기이하게도 지금의 가족들이나 동료들과도 그 집에서 해후하고 그 집에서 밥해 먹고 산다. 언젠가는 그 집 나무 마루에 앉아 비평가 이광호 형과 막걸리를 마시며 낄낄낄 웃는 꿈을 꾼 적도 있었다. 그러나 그런 꿈들은 대체로 뒤숭숭하게 끝났고, 그래서 K로서는 자주 꾸고 싶지 않은 꿈에 속했다. 그나마 다행인 것은 그런 꿈들 속에서 친형은 평생 절던 다리를 절지 않는다는 점이었다. K는 의심한다. '내가 아직 송정리에 대해 해결하지 못한 부채가 많은 모양이로군'. 그는 분명 송정리에서의 유년, 특별히 자신의 형과 관련하여 뭔가 은원 같은 게 남아 있다. 그의 고향에 대한 양가감정은 일종의 방어기제인 셈이다.

K가 마음을 다잡고 광주를 걸어보기로 작정했을 때, 금남로보다 먼저

저 골목은 아주 낯익었다.
자주 드나든 집이었음에 틀림없었지만
K는 끝내 저기 누가 살았는지 기억해내지 못했다.

미군부대로 물자를 실어나르던 철길.
이제는 폐쇄되어 양지바른 철로 한가운데 빨래가 마르고 있었다.

송정리로 향했던 것도 실은 그런 이유였다. 약간의 용기가 필요했지만, 그는 자신이 살던 집이며 다니던 학교, 놀던 기찻길과 황룡강 변, 그리고 이제 KTX 덕에 번화해지기 시작한 역사 주변을 걸어보고 싶었다. 거기서 뭔가와 대면해야 한다면 그렇게 하리라. '거기는 내가 태어나 20년을 자란 곳이 아닌가'.

그러나 엄밀히 말해 K가 혼자 뇌까린 '나는 송정리에서 태어나 20년을 자랐다' 따위의 문장에는 명백한 오류가 숨어 있다. 문장의 주어인 '나'가 지나치게 자명해서, 마치 태어남이 순서에 있어 '나'보다 사후적인 것처럼 여겨지기 때문이다. 저런 문장은 여러 번 읽다 보면 심지어 '나'가 먼저 있었고, 그것이 모종의 경로를 통해(가령 K의 경우 말단 공무원이었던 성실하고 무뚝뚝한 삼십대 초반의 시골 출신 남성과, 읍장의 딸이었으며 이후 칠순 넘은 지금까지도 줄곧 자신이 있어야 할 곳은 여기가 아니라는 로망에 빠져 사는 한 여인의 충동적인 방사가 그 경로였으리라) 육체를 얻은 후, 그 조그만 소읍에서 이 험한 세계에 내던져졌다는 느낌마저 주는데, 실은 그 반대다. 태어남 이전에 '나' 따위는 있었을 리 없으니까. 따라서 저 문장이 정확해지려면 '송정리라 불리는 곳에서 우연하게 발생에 성공한 어떤 단백질 합성물이 20년을 경과하는 동안 K라 불리는 한 존재자로 되어갔다'라고 정정되어야 맞다.

그 단백질 합성물을 지금의 K로 만들기 위해 아마도 많은 것들이 공조했으리라. 바람과 하늘과 별과 시는 말할 것도 없고, 이웃들의 싸움질과, 가족의 불화와, 골목길 주변을 흐르던 하수구 속의 실지렁이 뭉치들과, 다리와 함께 마음도 뒤틀려버린 형과, 옥상에 서서 바라보던 양계장 집의 거대한 전나무와(그것이 전나무였다는 보장은 없지만 그는 그렇게 믿었고, 어떤 여름의 폭우 뒤 우는 소리를 내는 그 나무를 쳐다보며 칸트가 '숭고'라 불렀다는 어떤 대단한 감정을 느끼기도 했다), 할아버지의 곰방대에서 나던 묵은 니코틴 냄새와(그 시절엔 안방도 금연 구역은 아니었다), 할머니의 치매와, 다섯 식구가 자던 좁은 방(막냇동생만 부모와 잤다. 그러니까 K의 가족은 자그마치 여덟 명이었다)의 유리창을 관통해 새벽마다 침입해 들어오곤 하던 긴 기차 고동 소리와, 사랑한다고 믿었던 계집아이들의 하얀 종아리와, 재래식 화장실에서 기어나오던 구더기들과, 그래도 거기 어쩔 수 없다는 듯 쪼그려 앉아 생리적인 고뇌를 해결하던 새벽 마당 건너편에서 빛나던 개들의 퍼런 눈과……, 그런 모든 것들이 공조해서 K의 '나'를 형성해갔으리라. 그러니까 K가 종종 잊고 살았고 또 잊어버리려고 노력하기도 했지만, 그의 '나'에 대해 송정리는 '구성적'이었던 것이다.

고향이란 그런 것이다. 시쳇말로 고향은 항상 내 안에 있는 법이다. 송정리는 자신의 형질을 나누어 많은 '나'들을 길러냈다. 그리고 떠나보냈다(다들 떠나고 싶어 했으니까). 그리고 그들 중 하나가 K였다. 송정리는 아무리 부인해도 K의 일부였다. K도 어렴풋이 알고 있었다지만, 그가 금남로보다도 먼저 송정리를 걸어보게 된 데는 실은 그런 이유가 컸다.

# 식반자촌

K가 자신의 고향 송정리를 두고 농담반 진담반 '식반자촌'이라 부르기 시작한 지는 꽤 오래되었다. 그가 다닌 지방 국립대는 1980년대 내내 학생운동의 메카였고, 그중에서도 소위 NL National Liberation 그룹의 아성이었다. 이 그룹은 당시 한국 사회를 '식민지 반봉건 사회' 혹은 '식민지 반자본주의 사회'로 규정하곤 했는데, 3학년 2학기쯤 되었을 때 그는 이 조직을 미련 없이 배신하고 PD People's Democracy 그룹의 일원이 된다(그들은 전자와 달리 한국 사회를 신식민지 국가독점자본주의 사회로 규정했다지만, 이제 생각하면 양쪽 다 참 우습기는 매한가지다). 그러나 노선의 변경과 무관하게 고향 송정리에 관한 한 '국가독점자본주의'라는 말을 적용하기 곤란하다는 사실에 대해 K는 이견이 없었다. 그가 판단하기에 송정리는 전형적으로 식민지 반자본주의적인 소읍이었다. 간단히 말해 그는 고향을 참 후진 동네라고 생각하고 있었던 것이다. 그의 그런 궤변

홍등가였던 1003번지 골목은 이제 다문화 먹자골목으로의 변화를 꾀하고 있었다.
어린 날의 자전거 탄 K는 일부러 저 길을 통과해 학교에 가곤 했다.

은 이제 막 사회구성체론의 명쾌한 도식성에 맛을 들인 그의 사변적 성향 때문만은 아니었던 것이, 실제로 송정리는 그렇게 불릴 만했다.

우선 2007년에 대부분 철수하기 전까지, 현재의 광주공항과 맞닿아 있는 공군 부대에는 미군이 주둔해 있었다. 미군의 존재는 흔히 (신)식민지 사회가 그렇듯 송정리의 경제와 문화와 환경에 많은 영향을 미쳤고, 정력이 좋은(다들 그렇게 믿었다) 서양인들답게 당연히 그들의 부대 주변에는 시끌벅적한 클럽촌과 유흥가가 형성되었다(그곳에서 온 아이들은 잘 터지지 않는 질 좋은 하얀 풍선을 불며 놀기도 했는데, K는 시간이 한참 흐른 뒤에도 그것의 본래 용도가 잘 이해되지 않았다).

성욕은 시각과 뗄 수 없는 상관관계가 있는 터라, 그 동네의 홍청망청을 자주 보게 된 한국인들도 질세라 홍등가 하나를 만들어갔다. 시장통 골목 옆 세칭 1003번지 골목이 그곳이었다. K는 중학교 시절 그 골목길로 통학했다. 반드시 그 길을 통하지 않아도 되었지만 K는 다리를 저는 형을 자전거 뒷좌석에 태우고 별일이 없는 한 그 길을 통해 학교에 가고 학교에서 돌아왔다. K는 종종 그 길이 지름길이라고 우기곤 했다. 그러나 실은 그 골목길에 감돌던 묘하게 눅눅하고 아늑한 분냄새와, 운이 좋으면 종종 목격하기도 했던 평소 보기 힘든 여성의 신체 부위들에 관심이 많았다. 어느 날은 그 동네를 장악한 무슨 파 조직원들에게 이유 없이, 그야말로 아무런 이유 없이 따귀를 얻어맞기도 했는데, 그들이 다 지나간 뒤에야 K는 자신의 코에서 흐르는 피를 발견하고는 발을 동동 구르며 복수를 결심하기도 했다. 물론 물리적 복수는 실행에 옮겨지지 않았고, 대신 대학생이 되어 사회 문제에 관심을 가지게 된 K가 이 골목을 식민지 반자본주의 사회의 전형적인 공간이라 이름 붙이는 정도에서 복수는 정신 승리적으로 마무리되었다.

기차역도 있었다. 광주—송정 간 철도가 개설된 것이 1922년이었다고 하니, 긴 세월 기차역 중심으로 이 소읍이 발달했음은 당연한 일이다. 한때 송정역은 광주역보다 컸다. 그리고 KTX가 광주역을 포기하고 송정역에만 드나들기로 한 지금, 다시 광주역보다 더 커졌다. 역 주변은 흔히 물류의 중심이 되는 법이고, 그래서 역에서 멀지 않은 곳에 시장이 섰고, 오일장도 섰고, '명동'이라 불리는 번화가도 생겨났다. 번화가라고 해봐야 이차선 도로에 면해 있는 구식 기와집 앞면에 유리 미닫이문을 달아 간판을 건 상점들이 나란히 들어선 5백~6백 미터 안팎의 거리에 불과했지만, 그 이름은 그래도 '명동'이었다.

그 거리에 주거를 둔 친구들은 입성이 반듯했고, 얼굴빛도 좋았다. 명동은 송정리에서도 시기와 부러움의 대상이었다. K에 따르면 식민지 반자본주의 사회 특유의 자기 부인과 분열이 그 거리를 '명동'이라 이름 붙이게 했을 거란다. 그러나 그런 식의 냉소에도 불구하고, 들쭉날쭉 일관된 양식이라고는 찾아보기 힘든 이 조잡한 거리에 K는 많은 것을 빚지며 자랐다. 서점도(중학교 시절 거기서 K는 인생 최초로 시집을 샀다. 김소월의 시집이었다), 병원도(K는 자주 기관지염을 앓았지만 그때마다 병원에 가지는 않았다), 약국도(K는 세 개의 약국을 기억하는데, 신 약국집 딸은 참 예뻤고, 서울 약국의 아들은 아주 친한 친구였다. 그러나 약이 잘 듣지 않는 광산 약국이 집에서 가장 가까웠으므로 그는 주로 그 약국에 다녔다), 옷집과 신발 가게도(아들다스, 나이치, 프로스포츠……, 그 어떤 브랜드라도 문제될 것은 없었다), 행정 기관들도(경찰서, 군청, 세무서 들을 K는 이상하게 두려워했다) 모두 거기에 있었으니 당연한 일이었다. 게다가 K의 첫사랑도 그 거리 어딘가에 살았다. 끝내 그 소녀의 집을 알아낼 수는 없었

송정시장은 그다지 변한 게 없어 보였다.
모친 따라 저 길 초입에 들어서던 순간의 들뜨는 기분을 K는 여태 기억한다.

지만, 그 거리에 대한 K의 동경에는 다 이유가 있었던 것이다.

명동은 그에게 다른 세계로 난 문 같은 것이었고, 그래서 그의 가족 로맨스를 자주 부추겼다. K는 훗날 그 명동 거리를 두고도 식반자촌의 전형적인 거리였다고 회고하지만, 실은 그런 식의 자조 이면에 있는 것은 역시나 동경이었다.

# 기차 고동 소리 때문에

그래, 역시나 기차가 문제였다. 송정리라는 소읍 자체가 기차역을 중심으로 형성되었다는 의미에서뿐만 아니라, 먼 도회지로 떠나는 새벽 기차의 고동 소리가 소년의 심리에 미치는 영향 측면에서도 기차가 문제였다.

어리던 날 K의 세계는 기찻길 이편과 저편으로 갈렸다. 종으로, 기차는 자꾸 멀고 밝고 번화한 어딘가를 지시했다. K는 근대화되고 싶었던 거다. 횡으로, 기차는 철로 건너편의 전근대적인 위험들을 자꾸 환기시켰다. 지적 장애인들이 집단으로 수용되어 있던 신앙촌과(그들은 여름이면 참외밭을 일궜는데, 철도를 가로질러 가 그 열매를 얻어먹고 돌아오던 어떤 날 K는 모친에게 심하게 얻어터졌다), 여름방학마다 친구들 몇은 꼭 데려가던 황룡강과(K도 한 번쯤 물살에 휩쓸린 적이 있었다. 코밑까지 물에 잠겼을 때 눈과 수평이 되던 물살의 기억은 지금도 그를 몸서리치게 만든다. 그는 수영을 못한다), 강변으로 난 둑길 옆 외지고 한적한 곳에서 매일매일 몰라보게 낡아가며 붉고 파란 종이 끈들을 흔들어대던 상엿집……, 같은 것들이 철로 너머에 있었다. K는 또한 그 전근대적인 것들의 풍경에도 매혹당했는데, 에른스트 블로흐의 '비동시적인 것들의 동시성'이란 말을 들이댈 것도 없이, 식반자촌의 유년이란 그렇게 이율배반적인 법이다.

새벽 네시쯤, 목포에서 출발해 서울을 향하던 기차는 송정역에 당도하기 전 K를 포함해 다섯 식구가 잠든 방을 먼저 관통해 지나가곤 했다. 파리똥 얼룩이 앉은 채로 벽 높은 곳에 걸려 있던 모조화가 창을 통해 들어온 차 등의 불빛에 일순 밝아졌다 다시 새벽 어둠 속으로 잠기기를 몇 번, 그때쯤 K는 어린아이답지 않게 눈을 뜨곤 했다. 벽에 걸린 그림 속에는 하늘에서 내려오려는지 날아오르려는지 모를 날개 달린 천사들이 여럿 그려져 있었고, 그들은 한국인의 형상은 아니었으므로 어딘가 좀 그로테스크한 데가 있었다. 밝아졌다가 다시 어두워지는 빛의 교대 속에서 노랑머리를 한 키 작은 천사들은 날아오르다 사라지기를 거듭했고, 어린 K는 신을 믿어야지, 신이라도 있어라, 신을 믿어야지, 신이라도 있어라, 하는 생각을 반복했다. 그럴 때쯤 어김없이 새벽 기차가 긴 고동을 울렸다.

먼 도회지로 떠나는 새벽 기차의 고동 소리가
소년의 심리에 미치는 영향에 대해서라면 K는 할 말이 많다.

연탄은 화력이 좋아서 방바닥은 몹시도 뜨거웠고, 다섯 식구의 체온이 더해진 이부자리는 눅눅했다. 그러나 K는 그 안에 가만 누워서도 달리는 기차의 차창 내부를 훤히 들여다보곤 했다. 이제 병마와 싸워야 할 여윈 소녀가 형광등 불빛 켜진 창가 자리에 앉아 깊은 한숨을 쉬다 까무룩 조는 모습 같은 것, 파리하다못해 유령처럼 보이는 소녀 옆자리는 항상 비어 있으리라. 내가 그 자리의 주인이어야 한다고 어린 K는 생각하곤 했다. 언젠가는 저 기차를 타고 송정리를 떠나게 될 것임을 K는 자주 예감했고, 그것은 일종의 이촌향도형 가족 로맨스가 맞았다.

그렇게도 K는 유치했는데, 그게 다 기차 탓이었다. 식반자촌을 관통하는 새벽의 기차는 자라나는 소년들의 정신 건강에 그다지 좋지 못했던 것이다. 소년들은 대체로 (마르트 로베르의 표현을 빌리자면) 업둥이형 가족 로맨스의 포로가 되고, 자라는 내내 알프스 산맥의 비현실적인 풍경이 새겨진 엽서 나부랭이를 들여다보거나(얼마 전 유럽 여행을 다녀온 K는 알프스의 장관 앞에서 울 뻔했다), 토요일 밤마다 방랑자가 등장하는 '주말의 명화'를 감상하다가 결국 일요일 아침을 늦잠으로 맞게 되고 만다. 다 자란 후에도 그런 유의 버릇은 남아서, 종내에는 문학 따위를 하게 되거나 지금 살고 있는 현실을 한발 떨어져 우습게 냉소하는 몹쓸 성벽을 갖게 된다. 그리고 수음도…… 그러니까 중학교 2학년 즈음의 어느 겨울밤, 잠을 설친 K가 모친이 내다놓은 덜 식은 연탄의 온기 위에 소변을 보다가 이상한 조바심 속에 사정한 것도 다 기차 고동 때문이었던 것이다. (K가 훗날 이날 밤의 연탄불 옆 첫 수음 장면을 다시 기억해내기 위해서는 어떤 계기가 필요했다. 서른도 한참 지나 윤대녕의 「빛의 걸음걸이」를 읽다가, 그는 그 장면을 문득 떠올리게 된다. 그러고는 불타는 연탄과 성욕의 관계를 궁금해하게 되고, 프로메테우스 신화에 대한 프로이트의 해석을 근거로 안도현의 "연탄불 함부로 차지 마라"라는 폭력적인 명령문을 재해석해보려는 마음을 먹는다. 『걸리버 여행기』의 소변 진화 장면과 『신곡』의 연옥 장면도 인용하리라. 그러나 그는 아직 그 결심을 실행에 옮기지 못했다.)

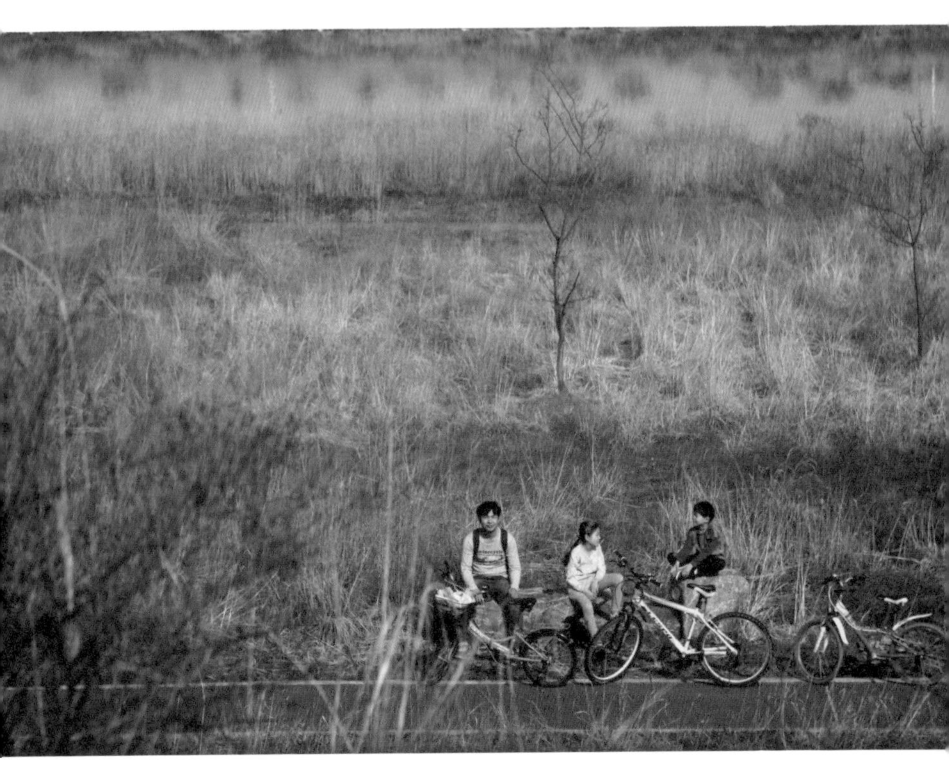

여름방학이 끝나도 황룡강에서 영영 돌아오지 않는 친구들이 있었다.
지금은 자전거 공원이 생겼고, 가족은 행복해 보였다.

# 식반자촌에서 주변부다문화촌으로

K가 용기를 내 송정리를 찾던 날은 아직 이른봄이었지만 이례적으로 따뜻했다. 봄바람도 맞을 겸, 다녔던 초등학교부터 천천히 걸어볼 요량이었다. 그러나 이 나라의 어디나 다 그렇듯 학교는 또 공사중이었다. 밖에서 본 학교는 의외로 작았다. 고작 저런 곳을 그토록 두려워했다는 게 멋쩍었다.

여름방학마다 친구들 몇은 반드시 데려가 돌려보내주지 않던 황룡강의 물은 강이라 부르기도 뭣할 만큼 말라 있었다. 대신 억새가 무성한 강변을 따라 긴 자전거 공원이 생겼는데, K에게 그건 좀 의외였다. 황룡강이 그렇게 단란하고 활달해질 수 있을 거라고는 한 번도 상상해본 적이 없었던 것이다. 자전거 길은 공군 부대 외벽을 따라 멀리 목포까지 닿는단다. '요즘 자전거에 맛을 들인 아들에게는 이 사실을 말하지 않으리라'.

강변에서 몇 장의 사진을 찍고, 그는 시내버스 종점을 지나 외숙모 혼자 살고 있는 외가 앞에 잠시 서 있었다. 그러나 들어가지는 않았다. '일요일이니 교회에 가셨겠지' (그날은 토요일이었다. 그러나 그의 복잡한 내심을 우리로서는 다 알기 힘들다). 대신 그는 외가 뒤편의 철로로 접어들었다. 그리고 그곳에서 다시 오래된 송정리를 발견한다. 미군 부대로 이어져 있던 철도는 폐쇄되었고, 그 폐쇄된 철로 주변에 많은 농기구들이 버려진 채로 녹슬어가고 있었다. 오래된 집들은 늙어가는 외숙모처럼 군데군데 페인트가 벗겨져가고 있었고, 그래서 이제 막 꽃봉오리를 틔우려는 나무들과 묘한 대조를 이루었다. 그의 기억 속에서 송정리는 항상 그런 식으로 낡아가는 것들 천지였다.

그가 녹슨 철로를 따라 한가하게 걷는 사이, 어떤 이태리식 집에서는 삐걱거리는 나무 대문을 요란하게 밀어내며 한 외국인 노동자가 걸어 나오기도 했는데, 얼굴이 검고 수염이 많은 그 사내는 K를 위아래로 느리게 훑어보다 땅바닥에 걸쭉한 가래를 뱉었다. 약간의 위협 같기도 했고, 수컷의 영역 표시 같기도 했다. K는 그 자리를 얼른 뜨고 싶었다. 무섭다기보다는 뭔가 자신이 송정리에 대해 실례를 범하고 있다는 생각이 들어서였다. 평동 공단과 인접해 있는 이곳에, 외국인 노동자들과 카레이스키들이 많이 산다는 얘기는 K도 들었다. 인근 월곡동에는 아예 3천 명 넘는 카레이스키들의 집단 거주지가 생겼다고도 했다. 바야흐로 다문화 시대였고, 미군이 빠져나간 대신 외국인 노동자들이 대거 입주한 송정리도 이제 더이상 식반자촌은 아닌 셈이다.

여기까지 와서 그가 살던 옛집에 들르지 않을 수는 없었을 텐데, K는 결국 지금도 꿈속에서는 제 집인 그 붉은 벽돌 건물을 찾지 못했다. 적극적으로 찾지 않은 탓도 있었겠지만, 그보다는 30년이란 세월 탓이 컸다. 집터 주변이 알아볼 수 없을 만큼 많이 변해 있었던 것이다(우리는 역시 그의 복잡한 심사를 알 길이 없다). 골목 밖에서 들여다보니 원래 자신의 집이 있던 자리에는 훨씬 깨끗한 2층 건물 하나가 자리잡고 있었다. 거기서 부디 단란하시라.

돌아오는 길에 K는 송정역 인근 명동 거리와 시장통과 예의 그 1003번지 골목도 기웃거렸다. 시장통에는 국밥 골목이 생겼고, 명동은 생각보다 길이 좀 넓어졌을 뿐 많이 변한 것 같지는 않았다. 다만 KTX가 몰고 올 인파 덕을 보려는 듯, 새 건물들이 한창 공사중이었다. 1003번지 골목에는 횡으로 현수막이 하나 걸려 있었는데, 이제 그 골목이 '다문화 음식의 거리'가 될 참이란다.

뭐랄까, K는 송정리가 이제 '식반자촌'이 아니라 '주변부다문화촌' 같다고 생각했다. 그런 의미에서 그가 자라던 때나 지금이나 송정리는 어딘가 보편적인 데가 있다는 생각도 들었다. 논리적 비약을 무릅쓴다면, 송정리는 항상 한국이었다. 아니, 한국식 근대화의 이면이었다.

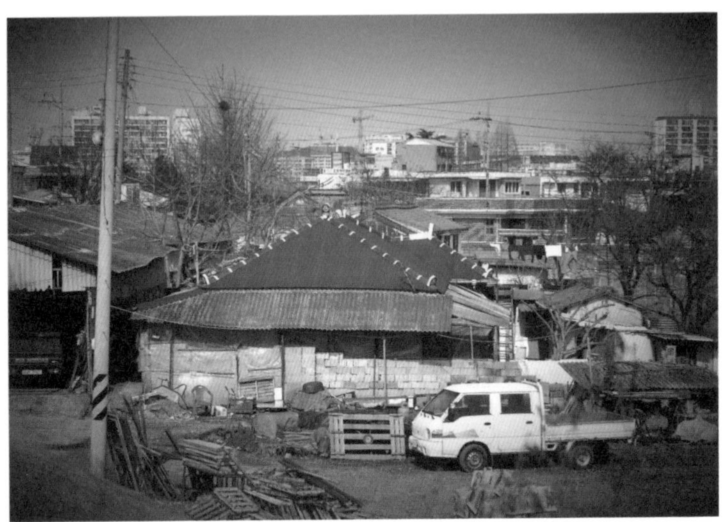

그가 자라던 때나 지금이나 송정리는 어딘가 보편적인 데가 있다는 생각이 들었다.
송정리는 항상 한국이었다. 아니, 한국식 근대화의 이면이었다.

## Walking Sound Track

걷는 내내 K가 들은 음악의 제목이 〈백년의 질식100 Years Choke〉이었다는 것도 크게 이상할 것은 없다. 이 제목은 그로 하여금 자주 『백년의 고독』이라는 마르케스의 소설을 떠올리게 했고, 그는 소설 속 마콘도라는 마을과 이곳 송정리가 그다지 다를 바 없다고 여겼다. 일본 포스트 록 밴드인 World's End Girlfriend의 곡인데, K는 소설가 김연수가 이 밴드를 좋아할 거라는 확신 같은 걸 가지고 있다. K는 김연수가 쓴 동명의 소설을 딸과 함께 읽은 적도 있다. 돌아오는 차 안에서도 그는 이 노래를 줄곧 들었다. 표지판 같은 것은 없었지만, K는 「무진기행」의 주인공 윤희중이 무진을 떠나던 마지막 장면을 잠시 떠올렸다. 만약 '당신은 지금 송정리를 떠나고 계십니다' 같은 문구가 새겨진 표지판이라도 있었다면, 그 역시 심한 부끄러움을 느꼈을 것이다.

# 2부 — 구도심에서

# 2

## 금남로
## : 텅 빈 절대공동체의 중심

선연하도록 붉고 고운 꽃이파리를 입에 물고
그들은 대관절 어디로 가버린 것이냐고.
그리고 그 많은 사람들은 왜 아무도 돌아오지 않느냐고.

—임철우, 「직선과 독가스」

# 전혀 사적이지 않은 거리

광주에는 지하철 노선이 하나밖에 없다. 종점이 K의 고향 마을이고, 다음 역이 '광주송정역'이다. 외지에서 광주를 방문하는 사람들이라면 대체로 이곳에서 지하철을 타고 광주의 중심가로 진입하게 된다. 그런데 K가 종종 기이하게 여기는 것은, 송정역에서 타는 지하철은 마치 단 한 군데를 목적지로 삼고 그곳을 향해서만 달려가는 것 같은 느낌을 준다는 점이다. 거리에도 역사의 무게가 새겨지는 법일 테니, 그런 느낌이 K만의 것은 아니리라. 송정리에서 탄 지하철은 그러니까, 항상 광주에서 가장 장엄하고 무거운 지명 '금남로'를 향해 달린다.

대학 1학년 때부터 내내 광주를 생활의 근거지로 삼았으므로, K에게는 금남로에 얽힌 기억들이 적지 않다. 폭설 내리던 어느 겨울밤, 차도 다니지 않는 대로에 눈이 쌓이는 풍경을 물끄러미 바라보며 난생처음

외제 맥주를 얻어 마시던(여학생들은 대체로 K에게 호의적이었다) 광주 빌딩 14층의 카페 이름은 '아방가르' 였다. 머리숱 적은 N형이(그는 지금도 구시청 사거리에서 오래된 LP판들을 잔뜩 꽂아놓고 '포플레이Fourplay' 라는 음악 카페를 운영한다) 시도 때도 없이 찾아가 흰소리만 늘어놓아도 반갑게 맞아주던 음악다방 이름은 '오래된 시계' 였고, 고3 학력고사 마치자마자 불량스럽게 담배를 피우며 미팅이란 걸 처음 해본 레스토랑이 '화니 백화점' 옆 '백록'이었다(그때 그는 '돈가스'라는 이름의 음식을 어떻게 썰어야 하는지 몰랐다. 그러나 상관없었다. 상대가 마음에 들지 않았으므로). 책을 살 돈이 없어 서가에 꽂힌 백낙청의 비평집을 여러 차례 뽑았다 꽂았다만 하다가 결국 아쉽게 돌아서곤 했던 서점 이름은 '삼복서점'이었고(이제 문 닫았다), 고등학교 시절 음악 선생이 출연한다며 (그는 학교 브라스 밴드를 만들고 싶어했고, 그래서 K가 회장이던 클래식 기타 동아리를 눈엣가시처럼 여겼다) 대뜸 표를 떠맡기는 바람에 취향에도 없는 오페라 〈춘향전〉을 보러 갔다가 언제 어떻게 박수를 쳐야 할지 알 수 없어 전전긍긍하던 곳은 '남도예술회관'이었다. '금남로' 하면 떠오르는 K의 기억들이다.

그러나 다시 생각해보니, 웬일, 저 기억들 중 그 어떤 것도 엄밀하게는 금남로와 무관하다. 서점이나 극장, 레스토랑 들은 다 '충장로'에 있었고, 남도예술회관과 음악다방들은 '예술의 거리'에 있었다. 정작 금남로는 정확히 이 두 거리 가운데에서, 왼편으로 충장로와 오른편으로 예술

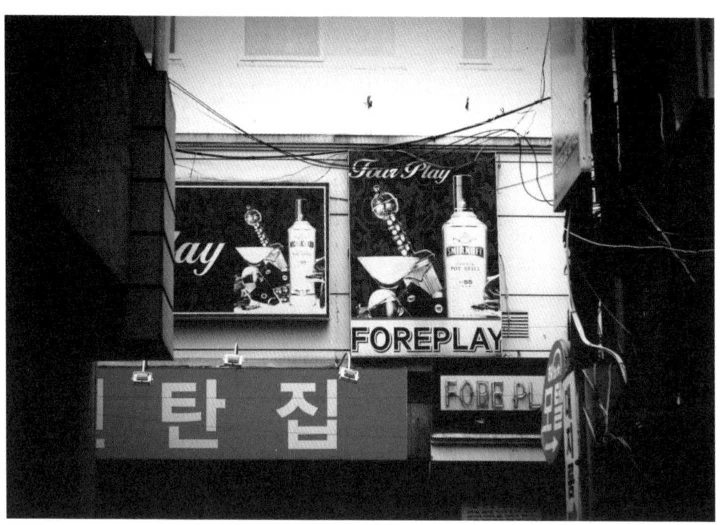


N형은 이제 구시청 사거리에서 '포플레이'라는 음악 카페를 한다.
'Fourplay'는 1990년대에 활동한 슈퍼재즈밴드 이름이다.

의 거리를 구획하고 있었을 뿐, 먹고 마시고 볼 것들은 없는 차로다. 그러니까 충장로와 예술의 거리에 이르기 위해서는 반드시 거쳐가야 할 곳이지만(버스와 택시와 지하철이 이 길 위아래를 달리므로), 정작 거기서는 할 게 별로 없는, 말 그대로 대로大路이다. 아니, 말이 대로지 실제로는 왕복 6차선 도로에 양옆으로 난 인도를 포함해도 그 폭이 30미터를 넘지 못하고, 그리 길지도 않아서 5가가 시작되는 발산교 앞에서부터 길의 끝인 1가 아시아 문화 전당까지 다 합쳐봐야 고작 3킬로미터가 되지 않는다. 연애와 사교와 쇼핑은 충장로에서, 문화생활은 예술의 거리에서……

공동화되어 가는 도심의 이면은 염세적인 K의 카메라에 대해 대체로 호의적이다.
어디를 찍어도 세계는 낡아 있다. 낡아가고 있다.

그런 식으로 금남로는 애초부터 전혀 사적인 거리가 아니었다. 이 점은 K에게도 마찬가지였다.

광주은행(이제 전북은행이 그 주인이 되어버린) 본점을 비롯한 여러 금융기관들과 온갖 관공서들, 언론사들(그때는 지역 언론사들도 그 위세가 대단했다)이 밀집해 있었고, 옛 고속버스 터미널도, 중요한 시민 단체 사무실들도(YMCA는 시위하다 쫓긴 대학생들에게 얼마나 훌륭한 피난처였던지……) 대개는 금남로 주변에 있었다.

길이 끝나는 도청 뒤로는 인쇄 골목과 유곽(황금동은 공창이나 다름없었다)이 있었고, 조금 더 멀리로는 남광주역이 있어서 온갖 수산물들을 담은 나무상자들이 기차에서 부려지자마자 가판대에 비린내 나는 그대로 진열되었다. 시장 아래 허름한 골목길을 조금 내려오면, 이제 곧 머리를 박박 밀어야 할 장정들이 줄을 서서 엉덩이를 까 보이던 병무청도 있었다(거의 선험적으로 질서정연한 것을 싫어하는 K는 군대와 관련된 기억 앞에서는 반드시 고개를 절레절레 흔든다. K에게 가장 빌어먹을 꿈은 군대에 다시 가는 꿈이다). 게다가 길은 거기서 다시 전남대 병원과 조선대로, 그리고 화순으로 이어졌다. 그랬으니 금남로는 광주 시민이나 전남 도민이 공적인 용무를 보기 위해서는 거쳐가지 않을 도리가 없는 곳이었다. 금남로는 완전히 공적인 거리였던 셈이다.

# 광주란 무엇인가

K가 생각하기에 구도청이 자리잡은 위치는 참 절묘했다. 도시계획이라고는 도청 자리 하나만을 염두에 두었다는 듯, 하얀 벽돌로 된 이 건물은 금남로가 시작되는 1가 맨 끝에 무슨 바리케이드처럼 저 먼 대로를 굽어보며 육중하게 서 있었다. 별로 크지도 높지도 않은 그 건물의 육중함은 참 이상했는데, 자리잡은 위치와 앞에 거느리고 있는 넓은 원형 분수공원 탓에 인근의 그보다 훨씬 높은 고층 빌딩들을 압도했다. 그것의 위용은 다소 적대적이었고, 길의 끝에서 길의 연장을 막고 있는 형세여서 항상 넘어서거나 허물어버리고 싶은 욕망을 불러일으켰다. 그랬으니 1980년 5월이나 1987년 6월에, 아니 이후로도 오랫동안 광주의 학생들과 시민들이 굳이 도청을 목적지 삼아 금남로로 몰려들었던 데에도 이유는 있었던 셈이다. 물론 K도 그들 중 하나였다.

처음 그 거리에 구호를 외치며 뛰어들던 날, 긴장과 두려움에 터질 것처럼 쿵쾅거리던 심장의 박동을 K는 기억한다. 날아가던 돌들과 화염병의 궤적도 기억하고, 매운 최루탄 연기에 눈을 뜨지 못하는 자신의 손에 치약을 짜주던 여학생의 얼굴 표정도 기억하고, 학생들을 나무라거나 응원하던 시민들의 박수와 손사래도 기억한다. 다 젊던 날들의 일이다.

1987년 6월 중순의 어느 날은 그보다 더 선명히 기억한다. 기억 속 숫자는 믿을 바 못 된다지만, 당시 K가 들은 바로는 20만이라고들 했다. 금남로1가 광주은행 본점 사거리에서 경찰의 바리케이드를 밀어내고 네 방향에서 전진해온 군중들이 서로 만났던 순간, 누군가 부르기 시작한 노래가 고작 〈아리랑〉과 〈애국가〉였다(그때는 운동 가요란 게 없었다). 방석복과 투구를 빼앗긴 전경들이 군중들 앞에 무릎 꿇어 앉아 있었고, 멀리 도청이 보였고, 이것은 '승리'란 생각이 들었고, '역사'란 단어가 자꾸 떠올랐고, 그대로 죽어도 좋을 것 같았고, 인간이란 종이 대단해 보였고, 그래서 노래를 부르는 내내 울지 않는 이가 없었다. 훗날 K는 마르쿠제를 읽으면서 그런 감정의 정확한 명칭을 알게 되는데, 그것은 '에로스 효과eros effect'였다. 합쳐지는 것의 위대함이 K의 몸속에 일종의 '획득형질'로 각인되는 순간이었다. 이후로 K는 사람들이 합쳐지는 장면, 목소리가 더해지는 장면, 하나가 둘이 되고 둘이 셋이 되는 장면을 보면 어김없이 콧날이 시큰해진다. 설사 그것이 〈국제시장〉 같은 싸구려 휴먼 블록버스터라고 할지라도…… 그게 다 금남로에서 얻은 K의 획득형질이다.

구도청이 자리잡은 위치는 참 절묘했다.
길의 끝에서 길의 연장을 막고 있는 형세여서
항상 넘어서거나 허물어버리고 싶은 욕망을 불러일으키곤 했다.

K의 획득형질이라고 했지만 물론 그것이 K만의 것은 아닐 것이다. 게다가 광주 사람들에게서 흔히 나타나는 이 형질은 그 연원이 1980년 5월까지 거슬러 올라가고, 획득형질은 유전되지 않는다는 생물학의 통설과 달리 유전될 뿐만 아니라 전염되기조차 한다. K도 읽은 책이자, 그가 아는 한 1980년 5월에 대한 가장 감동적이고 정확한 기록물인 『오월의 사회과학』에서 사회학자 최정운은 당시의 금남로를 이렇게 묘사한 적이 있다.*

> "그곳에는 사유재산도 없었고, 목숨도 내 것 네 것이 따로 없었고 시간 또한 흐르지 않았다. 그곳에는 중생의 모든 분별심이 사라지고 개인들은 융합되어 하나로 존재했고 공포와 환희가 하나로 얼크러졌다. 그곳은 말세의 환란이었고 동시에 인간의 감정과 이성이 새로 태어나는 태초의 혼미였다. 그런 곳은 실제로 이 땅에 있었고 많은 사람들이 거기에 있었다." (『오월의 사회과학』, 오월의봄, 2012, 123쪽)

모든 인간이 존엄성을 획득하고 계급이 없고 죽음의 공포도 없는 시공, 인간의 유한성이 극복되고 따라서 시간이 의미를 갖지 않는 시공, 어떤 희귀한 열정이 있어 일단 그것이 주체들을 장악해버리고 나면 그 어

* 이하 54쪽까지의 내용은 K가 2016년 9월에 출간한 평론집 『후르비네크의 혀』(문학과지성사)에 실린 글 「총과 노래 1」의 일부분(40~42쪽)을 수정 보완한 것임을 밝혀둔다. K로서는 '광주란 무엇인가'란 질문에 그 문장들 외에 달리는 답할 방법이 없었다.

떤 세속적 감각과 번뇌도 사라지게 되는 시공, 그것을 최정운은 '절대공동체'라고 명명한다. 그리고는 "유물론은 결코 5·18이 이루어낸 절대공동체의 정신에 접근할 수 없다"라고 덧붙인다. K는 그 말에 충분히 수긍한다. 발악과 도취, 용기와 광기가 마구 뒤섞여버린 인간, 그것도 동일한 열정에 사로잡힌 거대한 집단과 하나가 되어버린 인간의 심리 상태는 절대 객관적 분석의 대상이 될 수 없다.

만약 그날을 겪은 광주 사람들이 저 말들이 지시하는 어떤 상태를 이제 도저히 기억해낼 수 없다면, 그것은 저런 일이 일어난 적이 없어서가 아니라 저런 일들이 너무도 잠시, 순간적으로 일어났다가 금세 사라져 버렸기 때문이다. 흔히 알려진 바와 다르게, 최정운에 따르면 저와 같은 일종의 도취 상태는 항쟁 열흘 중 일주일이나 열흘 내내가 아니라 단 하루 동안만 지속되었다고 한다. 도청을 점령하던 1980년 5월 20일에서 다음날인 21일까지. 그러나 그 경험은 너무도 강렬해서, 그 하루를 겪은 이는 이후로 결코 이전의 삶으로 돌아갈 수 없게 될 것이었다.

그런데 아이러니하게도 절대공동체는 그것이 '절대적'인 것이라는 바로 그 이유 때문에, 또한 결코 오래가지 못한다. 유물론으로는 설명조차 할 수 없을 만큼의 강렬함, 그러나 다시 체험할 수 없는 우발성과 일회성, 그 사이에 이제 틈이 생긴다. 그리고 바로 그 틈, 짧은 충만과 그 후의 아주 긴 상실 사이에서 발생한 그 틈이 바로 1980년 이후 우리에게 전

수된 기호로서의 '광주'일 것이다. 그런 의미에서 광주는 틈이다. 누군가 '광주란 무엇인가' 라고 묻는다면, K로서는 그렇게 말할 수밖에 없다. 순간적이었던 절대공동체의 경험과 이후의 긴 상실감 사이에 벌어진 틈, 그것이 '광주'라는 기호의 의미라고……

바로 그 틈을 메우기 위해 광주 사람들은 야구에 미치고, 법에 매달리고, 민주당(그 이름이 어떻게 바뀌어왔건)에 집착하고, 김대중을 우러르고, 노무현에게 투표하고, 결국에는 안철수에게까지 자리를 만들어주었다. 물론 애초에 그런 식으로 메워질 틈은 아니었다. 정당이나 정치인 혹은 스포츠나 기념일로 대신할 수 있는 성질의 것이었다면, '절대'라는 수식어는 아무런 의미도 없었을 것이다. 비유컨대 광주 시민들에게는 민주당도 김대중도 노무현도 안철수도 야구도 모두 다 일종의 '대상 a' (라캉) 같은 것들이었고, 바로 그것들이 1980년 이후의 광주를 구성했다고, 정신분석학에 조금 조예가 있는 K는 생각한다. 광주는 '자신 안의 더 자신 같은 어떤 것' , 1980년 5월의 그 하루 자신들이 겪었거나 겪었다고 여겼던 그 '무엇' , 그것을 다른 것들에 투사하면서 지금의 광주가 되었던 것이다(K는 약간 흥분했다. 그러나 1980년 5월을 떠올릴 때마다 찾아오는 이런 흥분 상태가 그는 싫지 않다).

돌이켜보면 30년 넘는 세월이 흐르는 동안 많은 일들이 있었고 많은 것들이 잊히거나 무뎌졌지만, 광주는 끝내 금남로가 뿜어내는 저 '절대공동체'의 자장 밖으로 나갈 수 없었다. 그런 의미에서라면 광주 사람들이 보여주는 다소 집요하고 배타적이고 고립적인 정치 감각, 머리보다 가슴에 휘둘리는 삶의 태도, 자주 분노하고 쉽게 울어버리는 성향 들은 다 금남로에서 비롯되었다고 K는 믿고 있다. 설사 어느 순간 그 경험을 의식하지 못하게 되거나, 광주를 떠나 살게 되거나, 심지어 1980년 5월에 광주에 있지 않았다 하더라도 사정은 마찬가지였는데, 그날들 이후 '금남로'라는 거리의 명칭은 실제 거리를 지칭하는 고유명사가 아니라 요즘 유행하는 말로 일종의 '실재'가 되었기 때문이다. 죄책감과 분노와 우울과 원한 등등의 어마어마한 감정 지출을 요구하므로 대면하기 매우 두렵지만, 그렇다고 결코 떨쳐버릴 수도 없는 실재…… 금남로는 항상 그런 식으로 K와 광주 사람들을 호명했다.

일생 동안 만약 K에게도 염세적이지 않은 시절이 있었다면, 바로 그 금남로 거리 위에서 눈물과 콧물과 땀을 흘리던 젊은 날들이 유일했을 것이다.

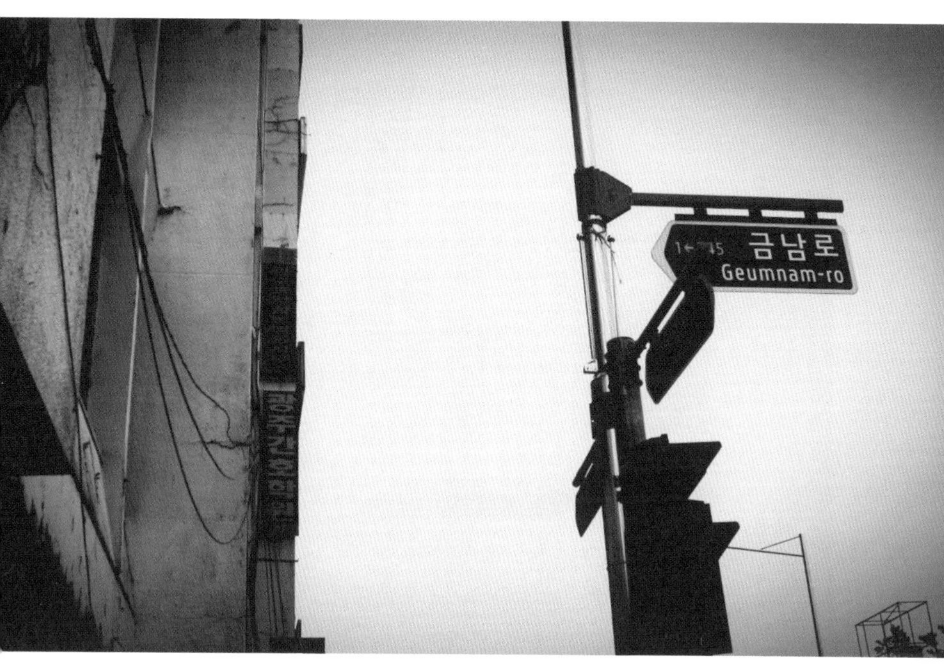


K는 1980년 이후 금남로야말로 라캉이 말한 '실재'가 되었다고 생각한다. 광주라는 도시 한가운데에 놓여 있는 사유의 한계 지점이 금남로다.

'Love Life'라니…… 그해 오월에 도청 앞에서 일어난 모든 일들을 다 지켜보았던 저 건물이 광주 사람들에게 해줄 수 있는 말로 저보다 더 적합한 말이 있을까?

# 텅 빈 절대공동체

K가 근무하는 학교와 금남로는 걸어가도 될 만큼 가깝다. 손에는 카메라를 들고 귀에는 이어폰을 꽂고, K는 걸었다. 따뜻한 날이었으나, K의 마음은 편치 못했다. 금남로가 어떻게 변해가고 있는지 그는 알고 있었던 것이다. 그의 걸음에는 힘이 없었다(실은 그 전날 술을 마셨겠지).

많은 총탄을 맞으며 도청 앞에서 일어난 모든 일을 다 지켜보았던 전일빌딩(정당하게도 누군가 그 건물에 큰글씨로 'Love Life'라고 써놓았다)은 이제 낡았고, 도청은 무안으로 이사 갔다. 구도청 건물은 일부를 제외하고는 허물어졌고(남은 건물은 문화의 전당에 '복속'되었다), 그 아래 '국립아시아문화전당'이라는 거대한 지하 건물이 들어섰다지만 거기서 무슨 일이 일어나고 있는지 알고 있는 광주 시민들은 그다지 많지 않다. 한치 과장 없이 '폴리스polis' 그 자체였던 분수 광장은 '정비'중이었고, 그래서 분수 광장 인근의 거리는 어딘지 모르게 난삽하고 어수선해 보였다(K의 마음이 그랬는지도 모르겠다). 충장로는 이제 매년 가을에 열리는 7080 축제 때나 사람들로 붐비고(대체로 나이들어 향수병에 시달리는 중년들이다), 예술의 거리는 허름한 표구점들만이 지키고 있다. 그렇게 금남로 인근도 오래된 구도심들이 흔히 그렇듯 공동화가 진행된 지 오래여서, 구도심이 속한 광주 동구는 스스로 선거구 하나를 꾸릴 인구마저도 안 된다.

그러나 염세적인 K, 그날은 좀 다른 마음가짐이었던 듯하다. 한줄기 바람이 땀에 젖은 이마를 서늘하게 식히며 지나가던 한순간, 그는 생각했다. '텅 비었다고 중심이 될 자격이 없어지는 것일까. 게다가 몸에 각인된 거리는 결코 이전하는 법이 없지 않겠나' (그에겐 술기운이 좀 남아 있었다). 그런 생각을 할 때 K의 다문 입술은 좀 단호해 보였는데, 그런 표정은 K에게는 이례적인 것이었다.

**Walking Sound Track**

**독자들도 예상했겠지만, 금남로를 걸으며 K가 들은 노래는 당연히 미셸 폴라네프**Michel Polnareff**의 〈누가 할머니를 죽였는가?**Qui a tue grand maman**〉였다. 그 유명한 〈오월의 노래〉의 원곡이다.**

분수대가 서 있던 저 광장은 유례없는 직접민주주의가 실현된 '폴리스' 자체였다.
정비 전이나 정비 후나 달라질 건 없다.

# 3

# 국립아시아문화전당
# : 문화란 무엇인가

'Made 人 Korea, 문화로 산업을 창조하다'

—국립아시아문화전당

# 문화의 전당

금남로1가, 옛 도청이 있던 자리에는 이제 '국립아시아문화전당'이 들어섰다. 노무현이(K가 존경하는 유일한 대통령이다) 광주에 준 선물인데, 2003년부터 건립 계획에 착수해 여러 우여곡절을 겪다가 2015년 가을 겨우겨우 (부분)개원했다. 지상으로는 돌출되어 있지 않고, 지하로만 뻗어나간 16만 1,237제곱미터 규모의 초현대식 건물이다. 구도청 건물들 중 일부를 살려 리모델링한 민주평화교류원을 포함, 문화창조원, 문화정보원, 어린이문화원, 예술극장 등 총 5개원으로 이루어진 국내 최대 복합 문화시설이다. K는 이제 그 건물에 들어설 참이다.

그러나 미리 말해두자면 이 건물에 대한 K의 감정은 그리 곱지 않다. 그에겐 나름의 문화관이 있는데, 그가 보기에 '국립아시아문화전당'은 이름과 달리 반문화적인 데가 있다고 여겨서다.

금남로1가, 옛 도청이 있던 자리에는 이제 '국립아시아문화전당'이 들어섰다.
이 건물에 대한 K의 감정은 그리 곱지 않다. 그가 보기에 이 건물은 이름과 달리 반문화적인 데가 있다.

아무 말에나 잘 붙어다니는 '산업'이란 단어를
K는 '신자유주의형 어미'라고 생각한다.

# 문화란 무엇인가

그의 문화관을 간단하게 한 문장으로 요약하자면, '문화란 소모이다' 정도가 될 것이다. 그는 '문화'가 '산업'이라는 말(종종 K는 이 단어를 '신자유주의형 어미'라고 비꼬기도 한다)과 자주 결합되는 행태에 대해 불만이 많다. 그래서 전당 내 창조원 건물 앞에 세워져 있는 'Made 人 Korea, 문화로 산업을 창조하다' 따위의 문구가 무슨 산업화 강령 같다고 생각한다. 그에 따르면 산업은 생산하고 문화는 소모하는데, 한나 아렌트를 읽은 뒤로 K는 이 말을 좀더 지적으로 바꿔 말할 줄도 알게 되었다. '경제는 Oikos의 일이고, 문화는 Polis의 일이다'.

K의 이런 문화관은 아렌트 외에도 그가 대학원 시절 즐겨 읽었던 프랑스의 철학자 조르주 바타유에게 빚진 바 크다. 바타유의 '소모의 일반경제론'은 그에게 꽤 큰 영향을 미쳤다. K의 충동적이고 비생산적인 성

정이 바타유의 방탕한 이론에 쉽게 감응한 탓도 있었을 것이다.

바타유는 여러 고상한 정의들(가령 생각하는 동물, 노는 동물, 도구적 동물 등등)을 제쳐두고, '소모하는 동물'이 인간이라는 종에 대한 가장 적당한 정의라고 주장한 자다. 그가 보기에 인간은 소모와 탕진에 매혹당하는 생명체다. 인간만이 지구상에 살아 있는 생물체들 중 거의 유일하게 개체의 재생산에 필요한 에너지 이상을 소모하는 동물이라는 것이다. 가령 동물들은 자신의 몸을 유지하고, 2세의 생산을 도모할 수 있을 만큼만 에너지를 섭취하고 소모한다. 식물도 마찬가지다. 그것을 일러 우리는 '본능'이라 하는데(종족 보존 본능과 개체 보존 본능일 텐데, K는 특히 전자의 본능을 존중한다. 인간만 아니라 모든 생명체의 이타성은 다 거기서 나온다고 믿기 때문이다), 기이하게도 인간만이 이와 다르다.

그러지 못해 굶어 죽는 이들도 부지기수라지만, 어쨌거나 조건이 주어지는 한 인간은 신체가 필요로 하는 양 이상의 에너지를 소모하고 탕진한다. 다시 말하자면 필요 이상의 에너지를 소모한다. 인간만이 종족 번식 이외의 목적으로(오로지 격렬한 낭비, 곧 쾌락을 위해) 자신의 성기를 사용하며, 그리하여 지상의 어떤 동물보다도 많은 에너지를 방탕하게 내버린다. 2세의 '생산'과 관련이 없으면 없을수록 성적 에너지의 소모는 쾌락과 직결된다(물론 K가 그런 삶을 살고 있으리라고 상상하기는 힘들지만……).

매사를 일반화하려는 경향이 강한 K에 따르면 바타유의 이론을 뒷받침할 만한 사례들은 성적 소모 외에도 많다. 인류는 왜 월드컵에 열광하는가? 격렬한 몸놀림과, 비 오듯 흐르는 땀과, 때로는 부상을 무릅써야만 하는 야만적인 신체의 충돌 때문이다. 그 격렬한 소모 앞에서 관객 또한 경기의 승패에 돈을 걸고, 더러는 그로 인해 엄청난 손해를 감수하기도 하면서, 소리 지르고 울부짖는 데 두 시간여를 허비한다. 인간은 왜 그 많은 평화주의적 전언들에도 불구하고 어쩔 수 없다는 듯 매번 다시 전쟁을 시작하는 것일까? 마치 일정 기간 동안의 평화와 함께 축적된 부가 이제 한 번쯤 엄청난 파괴와 폭력을 통해 소모되기를 욕망이라도 하듯이 말이다. 아이들은 왜 항상 선생님이나 부모 몰래 본드와 엑스터시를 흡입하고, 번식에 하등 도움도 되지 않는 자위행위를 하며, 결코 '생산적'이랄 수 없는 일탈 행위들에 몸을 맡기는가? 왜 우리는 먹고 마시며 떠드는 시간을 땀흘려 노동하는 시간보다 선호하는가? 우리는 왜 아무런 사용가치도 없는 보석을, 가능한 한 많은 부를 쏟아부어가며 구입하는가? 요컨대, 우리는 왜 소모된 에너지와 부의 양이 많으면 많을수록, 어떤 행위로부터 더 많은 감동과 쾌감을 얻는 것일까? K는 자신이 이 질문들에 대한 답을 알고 있다고 생각한다.

약간의 비약을 무릅쓰고 말한다면, 문화 혹은 문명 일반이 실은 과잉 소모의 산물들이라고 프로이트주의자이자 바타유주의자인 K는 믿고 있다. 프로이트는 예술을 일컬어 리비도 에너지를 승화시켜 얻은 결과물이라고 말하는데, 한 장의 그림이나 한 편의 시는 실제로 인간이 먹고 살고 번식하는 데 아무런 쓸모도 없는 것들이다. 그렇다면 에너지 경제학적인 관점에서 볼 때, 낭비적인 것들일수록 문화적이고 예술적인 것이 되는 셈이다. 할리우드 블록버스터가 문화가 아니라 산업인 이유는 그것이 소모하기보다 더 많은 부를 생산하기 때문이다. 역으로 시와 소설이 문화인 것은 그것이 아무런 이윤도 창출하지 못하는 경우가 많기 때문이다.

같은 이유로 K는 지금의 광주가 아시아 문화의 중심이라는 말을 믿지 않는다. 그에게 현재의 광주는 문화 산업의 도시다. 그가 보기에 문화와 문화 산업은 이름만 유사할 뿐 실은 전혀 상반되는 두 가지 행위에 붙여진 이름들이다.

K는 문화가 한 사회에 있어 일종의 '평화 유지 장치'라고도 생각한다. 바타유는 그의 저서 『저주의 몫』에서 지상 최악의 빈국들인 동남아시아의 나라들이(2015년에는 부탄이 가장 행복지수가 높은 나라였다) 극단적인 가난에도 불구하고 유독 행복지수가 높은 이유를 그럴듯하게 설명하는데, K는 그 구절을 읽은 적이 있다. 책에 따르면 평화 유지 장치로서의 '종교' 덕분에 동남아시아의 여러 나라들은 행복하다. 종교가 주는 마음의 안식을 말하는 것이 아니다. 이 행복한 사회의 비밀은 노동 적령기의 청년들 중 상당수가 생산하기보다는 소모에만 전념한다는 데 있

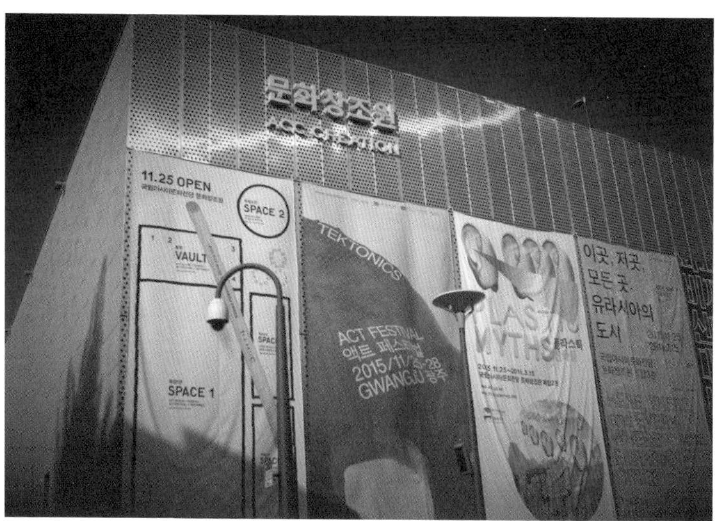


K가 보기에 문화와 문화 산업은 이름만 유사할 뿐
실은 전혀 상반되는 두 가지 행위에 붙여진 이름들이다.

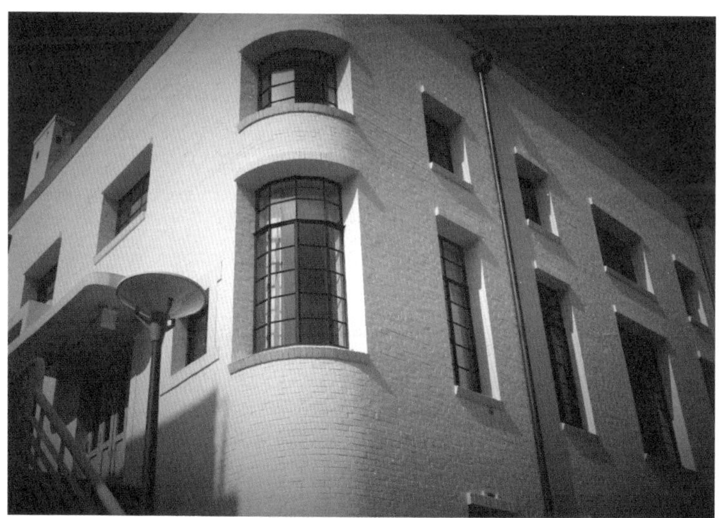

구도청 건물들 중 일부는 허물어지지 않고 문화의 전당 건물에 복속되었다.

다. 사제들은 한 사회의 재화를 아낌없이 소모하는 장치가 된다. 물론 탁발은 일종의 '포틀래치'다. 어떠한 등가교환의 원칙도 적용하지 않은 채로 자신의 재화를 타인에게 무상으로 증여하고, 심지어 재물들을 불태우고 깨뜨리고 내다 버림으로써 명예와 성스러움을 획득하곤 했던 그 북아메리카 인디언들의 관습…… 이 장치 덕분에 사회는 축적을 모르고, 따라서 과도한 축적으로 인한 폭발 직전의 임계점에 이르는 법도 없다.

그 반대편에 있는 것이 전쟁 사회다. 바타유는 전쟁 사회의 전형적인 사례로 미국을 드는데, 내부에 소모 장치를 갖추지 못한 탓에, 그들은 외부에 자신들의 과잉 축적된 에너지를 기꺼이 투척한다. 그들이 지상 곳곳에 던져대는 폭탄들이 그것이다(북한은 도대체 어떤 나라일까, K는 잠시 한숨을 쉰다).

물론 K는 종교를 믿지 않는다. 종교란 나약한 정신이 유한한 운명의 비극에 맞서 취하는 정신 승리법에 불과하다는 것이, 종교에 대한 K의 지론이다. 대신 그는 문화의 힘을 믿는 편이다. 동아시아 국가에서 종교가 수행하는 평화 유지 장치로서의 역할을 다른 사회의 경우 문화가 대신할 수 있으리라. 문화는 한 사회를 과잉 축적 상태의 위험으로부터 보호해줄 수 있는 유일한 평화 유지 장치가 되어야 하리라. 그러나 그런 신념이 뜻한 바대로 이루어질 수 있을지에 대해서라면, K는 자신이 없다.

염세적인 K, 그는 신자유주의를 문화에 대해 가장 적대적인 통치 방식이라고 생각한 지 오래되었다. 신자유주의가 문화를 내버려두지는 않으리라.

좀 단순하고 과장된 측면이 없지 않지만, 따져보면 그의 생각에도 일리는 있다. 가령 원시시대의 어느 시점으로 돌아가 문화의 발생 순간을 더듬어볼 수도 있을 것이다. 소규모 종족을 이룬 K의 조상들 앞에 막 잡은 고대 포유류 계통의 동물 한 마리가 놓여 있다. 만약 K의 조상들이 여느 짐승들의 식사와 마찬가지로 부위의 구별 없이, 그리고 아무런 조리의 절차 없이 그 살을 먹어치운다면 그건 문화라 부를 수 없다. 우연한 계기에 불에 익힌 고기가 더 맛있다는 사실, 바닷물의 증발로 얻은 소금을 뿌려두면 고기가 먹을 만한 상태로 오래 견딘다는 사실 같은 것들을 터득하는 순간, 문화가 발생한다. 여기에 부위별 구분이 생기고 점점 복잡한 조리법이 발달하고 먹는 데 사용되는 기구들이 고안되고 절차와 관습이 더해지면, 그를 일러 드디어 K부족의 '음식 문화'가 발생했다고 말할 수 있을 것이다. 필요를 넘어서는 잉여적 소비 행위가 문화를 탄생시키는 것인데, 생리적 필요에 따른 영양 섭취만이 목적이라면 굳이 복잡한 조리법과 기구, 절차 따위는 필요 없었을 것이기 때문이다.

의복 문화도 그렇게 생겨났으리라. 식사를 마치고 나니 질긴 가죽이 남았다. 마침 날씨는 추워서 K의 조상 하나가 그것을 몸에 두른다. 얼마

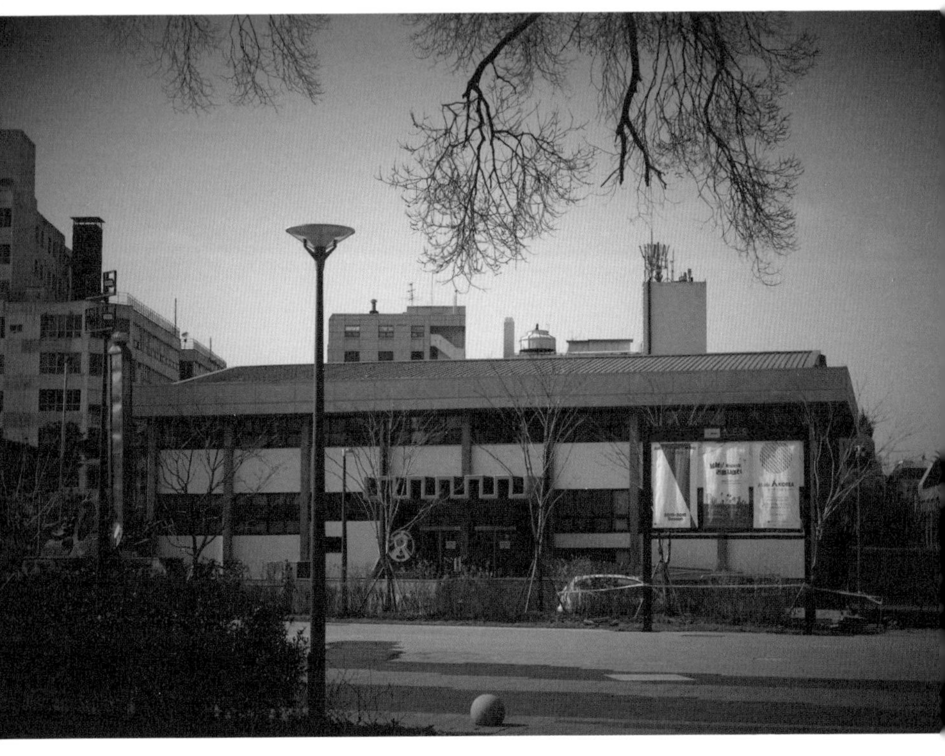

5·18 당시 시민들의 시신이 수습되었던 구 상무관 건물.
『소년이 온다』를 쓴 한강이 저기 오래 앉아 있었으리라.

간의 세월이 지난 후, 퍼뜩 아무래도 이 가죽에 칼질을 좀 해서 몸에 맞도록 모양새를 바꾸는 게 더 편리할 것이란 생각이 든다. 서툰 솜씨로 자르고 기워 소매를 만들고, 꼬리 가죽으로는 머리를 묶는다. 그때부터 이 머리끈은 부족의 상징물이 된다. '붉은 가죽 머리족'. K부족의 의복 문화가 발생한 것이다. 붉은 머리끈이 일종의 상징이 된 이상, 그것은 추위를 막을 필요를 넘어선 잉여적 소비 행위에 속하기 때문이다.

사설이 길어졌다. 하여튼 K의 문화관이 그랬다. 그에게 문화란 아무래도 그 태생부터 잉여적인 어떤 것이었다. 문화란 필요적 소비를 제외한 잉여적 소비 행위에서 시작한다. 아무런 대가나 재생산에 대한 기대 없이, 내가 가진 자산과 시간과 에너지의 일부를 사유와 아름다움을 위해 기꺼이 탕진할 때만 진정한 문화는 탄생한다.

상념 속에서 K는 저벅저벅 지하 전당으로 들어서는 계단을 밟고 내려가기 시작했다. 그 순간, 전당 건물은 적대자의 침입 앞에 속수무책이었고, K의 머릿속에서는 수학 공식 비슷한 어떤 것들이 떠오르고 있었다. '습득된 재화와 에너지－필요에 따른 소모＝문화', '문화≠산업'. 공식은 아주 간단하고 유치했으므로, 수학에 관한 한 그가 얼마나 무지했는지에 대해 첨언할 이유는 없을 듯하다.

번쩍 쳐든 두 개의 손가락이 아무래도 승리의 V로는 보이지 않았으므로,
문득 K는 저 조형물에 자신만의 이름을 붙여주고 싶어졌다. '거대한 f**k you'.

# 거대한 'f**k you'

일부 허물지 않고 남겨둔 구도청 건물들을 지나(지상의 이 건물들은 지하의 웅장한 초현대식 건물들과 잘 어울리지 않았다) 전당 건물에 발을 들여놓자마자, K의 눈을 사로잡은 것은 거대한 크기의 손 조형물이었다. 주위 풍경을 전혀 고려하지 않겠다는 듯 우뚝 솟아 있는 그것은 생경하고 조악해 보였다. 6개월 전쯤 문학과지성사 어른들과 이곳에 처음 들렀을 때, 저걸 보았던 기억이 없는 이유를 K로서는 알 수 없었다(그의 눈은 세계를 좀 선별적으로 보는 편이다). 번쩍 쳐든 두 개의 손가락이 아무래도 승리의 V로는 보이지 않았으므로, 문득 K는 저 조형물에 자신만의 이름을 붙여주고 싶어졌다. 좀 상스럽지만 밝힌다. '거대한 f**k you'.

창조원의 전시물들과 아카이브는 6개월 전과 거의 달라진 것이 없었다. 그는, 정보원의 한국문학 아카이브에서는 그 많은 작가들 중 왜 하필

김영하와의 인터뷰 동영상만이 하루 종일 돌아가고 있는 것인지, 오랜 전통과 역할을 유지해온 문예 잡지들(가령 『문학과지성』이나 『창작과비평』 등)을 다 제쳐두고 왜 하필 『자음과 모음』 몇 권만 거기 꽂혀 있는 것인지, 아시아 문화 관련 책자들을 비치해둔 도서관 서가의 도서 구입과 분류 기준은 무엇인지, 전시 공간 전체에서 가장 큰 비중을 차지하고 있는 싱가포르 현대 문화 관련 자료들이 아시아 문화 전체를 이해하는 데 어떤 중요한 가치를 지니고 있는 것인지, 여전히 이해하지 못한다. 게다가 그것들은 모두 지난해 가을에 본 것들이었으므로, K의 발걸음은 한군데 오래 머무르지 않았다.

6개월 전 둘러보지 못한 예술 극장에서는 몇 가지 전시와 공연이 진행 중이었는데, 3월이 끝나가는 즈음의 따뜻한 일요일이었음을 감안한다면 관람객은 거의 없는 것이나 마찬가지였다. 게다가 관람객들은 전시나 공연보다는 대체로 건물의 위용을 감상하러 온 경우가 많아 보였다. '겉돌고 있구나'. K는 그렇게 생각했다. 문화와 광주가 겉돌고 있었다. 이유는 둘 중 하나이리라. 광주가 아직 이처럼 거대한 초현대를 감당할 문화적 저력을 갖추지 못했거나, 아니면 '광주 아시아문화중심도시 사업' 이 애초에 '문화 4대강 사업' (전당에 비판적인 광주의 지식인들 중에는 광주 아시아문화중심도시 사업을 이렇게 부르는 사람들이 종종 있다) 같은 것이었거나……

'겉돌고 있구나'. K는 그렇게 생각했다.
문화와 광주가 겉돌고 있었다.

Walking Sound Track

문화의 전당을 다 둘러본 후, K는 다시 학교까지 걸었다. 걸으면서 그는 평소 즐겨 듣는 미국의 인디 팝 밴드 A Whisper In The Noise의 〈Your Hand〉를 들었다. 그러자 거대한 손이 다시 생각났다.

# 4

# 양림동
# : 기억을 파는 골목

그대 아픈 기억들 모두 그대여
그대 가슴에 깊이 묻어버리고

지나간 것은 지나간 대로
그런 의미가 있죠
떠난 이에게 노래하세요
후회 없이 사랑했노라 말해요

—들국화, 〈걱정말아요 그대〉

# 젊은이들이란

R이라는 선배가 있었다. 병으로 일찍 죽어 지금은 영락공원에 누워 있는 그를 K는 잊을 수 없다(이렇게 말하면서 K는 죄책감을 느낀다. 그에게 가본 지 오래되었다). 많은 사연이 있었지만 유독 기억에 남는 건 그의 자취방에서 보낸 열흘 남짓의 날들이다.

제대 후 복학한 뒤였으니 제법 나이가 들었을 때였건만, K는 그때서야 처음으로 가출이란 걸 해봤다. 모친과 심하게 다툰 겨울의 어떤 날이었고, R의 자취방에서 고작 열흘 정도를 견뎠다. R은 그야말로 가진 것이 아무것도 없었고, 소설을 쓰고 싶어했으므로 조용한 방을 원했으나, K의 배부른 짓에 대해 별다른 군말 없이 열흘을 함께 낄낄거리며 잘 놀아줬다. 풍족하지는 않았지만 먹을거리는 대강 해결되었다. 인근에 Y가 살았기 때문인데(Y는 지금도 그때 살던 한옥집 얘기를 먼눈 속에 그리움을 담아 꺼내놓곤 한다), 그녀는 훗날 K의 아내가 될 사람이었다.

낡은 기와집 문간방이었다. 그 동네에는 그런 방들이 많았다. 그래서 골목마다 무릎이 잔뜩 튀어나온 츄리닝(이 옷은 맞춤법에 맞지 않더라도 이렇게 불러야 핏이 산다)을 입고 쭈그려 앉아 꽁초를 빠는 가난한 유학생들 천지였다. 아마도 방값이 광주에서 가장 싼 곳들 중 하나였기 때문이리라. 자칫 좁은 골목들 사이에서 길을 잃을 수도 있을 만큼(타고난 길치였던 K에게는 하물며) 동네 지리는 복잡했다. 그래서 그 골목은 영영 재개발되지 않을 것 같았다.

R선배도 그즈음 연애를 시작했던 걸로 기억한다. 상대는 C였는데, 훗날 R도 그녀와 결혼한다(지금은 홀로 씩씩하게 R과의 사이에서 태어난 두 아이를 기르며 살고 있다). 종종 R이 K를 두고 밤늦게 귀가하는 날은 둘의 데이트가 있던 날이었다(물론 둘의 입장에서는 K에게 따뜻한 방을 빼앗긴 날이었겠지만……). R은 일부러 늦기도 했는데, Y가 오기로 되어 있는 날이 그런 날이었다. 그만큼 R은 너그럽고(특정한 사안들에 대해서는 아주 고지식하기도 했지만) 무심한 남자였다.

K는 그 골목길을 걷는 일이 좋았다. 밤늦은 시간 Y를 집에 데려다주는 일은 대체로 감미로웠다고 K는 기억한다. 그리고 Y와 결혼한 후, 그 골목에서 멀지 않은 곳에 아주 좁은 아파트를 얻었고, 한 2년을 거기서

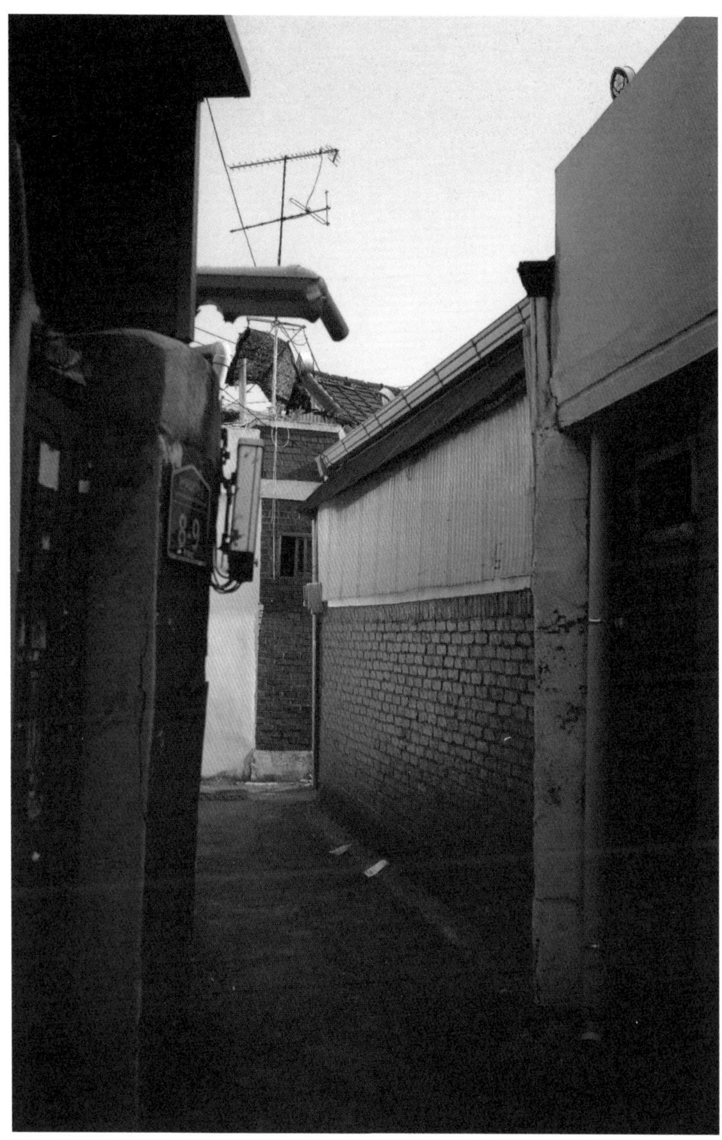

자칫 좁은 골목들 사이에서 길을 잃을 수도 있을 만큼 양림동의 지리는 복잡했다.
그래서 그 골목은 영영 재개발되지 않을 것 같았다.

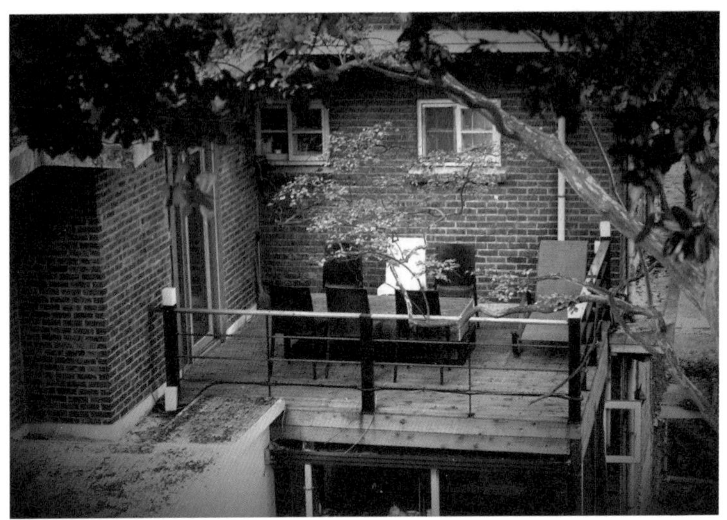

향수도 산업이 되는 법이다. 사람들은 양림동에서 이제 연출되고 포장된 과거를 소비한다.

가장 오랫동안 개발되지 않았으므로 양림동은
이제 광주에서 가장 많은 카메라 셔터가 터지는 곳들 중 하나가 되었다.

살았다. K에게는 처가나 다름없던 그 동네 이름이 바로 양림동이었다.

그때까지만 해도 K는 이 골목에 훗날 둘레길이 생기고, 벽마다 예쁜 그림들이 그려지고, 복고풍의 선술집과 커피 맛 좋은 카페들이 속속 들어서게 될 것이라고는 전혀 상상하지 못했다. 그에게 그곳은 다만 아내가 나고 자란 곳이었고, 젊은 날의 연애가 절정을 향해 치닫던 곳이었고, 가난한 소설가 지망생 R이 살았던 곳이었다. 그는 양림동이, 수많은 사람들이 카메라를 들고 찾아와 연방 셔터를 누르고 싶어질 만큼 가치 있는 곳이라는 생각도 하지 못했다. 그러나 그의 생각과는 달리 광주에서 가장 오랫동안 개발되지 않았다는 바로 그 이유로, 양림동은 이제 유명한 동네가 되었다.

# 미션

『광주 1백년』의 저자 박선홍에 따르면, 1900년대 초반 양림동은 세칭 '서양촌'으로 불렸다고 한다. 미국에서 온 선교사들이 주로 거기 모여 살았기 때문이다. 그중에서도 배유지Eugene Bell와 오원Clement Owen, 두 사람의 이름은 지금도 기념비와 기념관에 새겨져 양림동에 남아 있다. 개화기 그들이 광주에 미친 영향은 지대했던 것으로 알려져 있는데, 광주 최초의 개신교회인 양림교회(이 교회는 지금도 남아 있고, K의 장모께서 오랫동안 이 교회를 다녔다)를 세워 기독교를 전파한 것도 그들이고, 수피아학교와 숭일학교(이 학교들도 여전히 남아 있다)를 세워 신식 교육을 시작한 것도 그들이고, 각종 의료 사업으로 광주의 근대적 의료 체계에 기틀을 놓은 것도 그들이다. 말하자면 개화기 광주에는 동시에 두 종류의 근대화가 시작되고 있었던 듯하다. 본정통(지금의 충장로)을 중심으로 한 일본식 식민지 근대화와 양림동을 중심으로 한 기독교식 계몽주

두 종류의 근대화가 있었다.
본정통(충장로)을 중심으로 한 식민지 근대화, 그리고 서양촌(양림동)을 중심으로 한 기독교식 근대화.

의 근대화.

K는 종종 선교사들의 삶에 대해 일종의 숭고한 감정을 느끼곤 한다. 그는 한 번도 철저하게 이타적인 삶을 살아본 적이 없으므로, 그런 삶을 사는 사람들에 대해서라면 어떤 직종에 종사하건 모종의 경외감을 가지는 것이 맞다고 생각한다. 게다가 믿어지지 않겠지만 K는 고등학교를 졸업하기 전까지는 세례를 받은 기독교인이기도 했다. 물론 신앙심 때문에 교회에 다녔던 것인지 당시로서는 거의 불가능했던 합법적 이성 교제를 위해 다녔던 것인지에 대해, K 스스로도 명확한 답을 가지고 있지는 않다(다만 그가 대학에 입학해 합법적 이성 교제가 가능해지자마자 교회를 다니지 않았다는 사실은 기록해둔다). 그러나 6년 이상을 다닌 교회였고, 부른 찬송가만도 몇백 곡은 되었을 테니, 그에게 신앙심 깊은 사제들에 대한 일말의 존경심이 남아 있는 것은 당연한 일이다. 백 년 전의 양림동은 그를 숙연하게 만든다.

그러나 염세적인 K, 그의 숙연함에도 몇 가지 복잡한 감정이 끼어든다. 그는 양림동을 걸으며 여러 차례 본 적이 있는 롤랑 조페의 영화 〈미션〉을 떠올렸다. 로버트 드니로와 제레미 아이언스, 그리고 납치한 딸을 구하기 위해 두 시간도 안 되는 사이 수십 명의 사내들을 학살하기 전의 리암 니슨이 나오는 영화였고, 셋 다 선교사 역할이었다. 영화 말미, 그들은 숭고하게 죽었다. 그러나 그들의 미션이 하나님 나라의 초석을 다지는 일이 아니라 결국엔 제국 열강의 진지를 다지는 일에 소용될 수 밖에 없다는 사실을 모르는 채로 죽었다(K는 과장하고 있다. 실제로 그들은 제국의 군대와 맞서 싸우다 죽는다).

살아남은 과라니족 아이들이 배를 타고 밀림 속으로 사라지는 마지막 장면은 K에게 희망을 암시하는 것으로 보이지 않았다. 그래서 당시에는 살아 있던 영국의 다이애나 황태자비가 이 영화를 보며 울었다는 기사를 읽었을 때, K는 화가 치밀어올랐다. 비유적으로 말해 (아주 자의식이 없는) 악어의 눈물과 같다는 생각이 들어서였다. 선교사들은 너무나 숭고해서 최선을 다해 봉사하는 삶을 살다 이승을 떠나지만, 정작 자신이 한 일의 결과에 대해서는 모르는 채로 그렇게 한다는 의미에서 '사라지는 매개자'일 거라고 K는 생각한다.

그들이 죽거나 떠난 뒤에도 양림동에는 그들의 흔적이 오래도록 남아 있었다. 그러나 지리적으로 재개발이 쉽지 않은 동네였으므로, 가난한 옛집들이 이룬 비유클리드 기하학적인 골목들과 함께 속수무책 낡아가는 것이 옛 서양촌의 피할 수 없는 운명 같았다. 양림동은 백 년 사이 광주에서 가장 낙후된 골목들 중 하나가 되었다.

그러나 역사의 간지란 참 묘한 데가 있다. 양림동은 낙후되었다는 바로 그 이유로 몇 년 전부터는 사람들이 많이 찾아오는 광주의 명소가 된다.

미로처럼 뻗어 있는 양림동 한옥 골목은 어딘가 영화 세트장처럼 인위적인 데가 있다.

'양림동 근대역사문화마을 관광자원화 사업'이라니……
K는 관공서의 명명법이 항상 기이하다고 생각한다.

왜냐하면 우리 시대에는 향수와 가난도 상품이 되기 때문이다. 2009년부터 2015년까지, 광주시는 이른바 '양림동 근대역사문화마을 관광자원화 사업'에 307억 원을 투자했고, 양림동 골목길은 그렇게 가난과 향수를 보존함으로써 다시 살아나고 있다. 양림동은 광주의 쌍문동(실제로 K는 쌍문동에 가본 적이 없다. 그가 말하는 쌍문동은 드라마 속의 동네다)이 되었던 것이다.

# 사라진 골목

양림동에 사진 찍으러 간다는 말을 들은 아내가 K를 따라나섰다. 자신이 오랫동안 살았던 집이고, 최근 그곳이 역사문화마을로 조성되었단 소식을 들은 참이기도 했으니, K는 만류할 이유가 없었다. 그때까지 그의 아내는 표정이 밝았다. 좀 들떠 있는 것도 같았다.

제아무리 꾸몄다고는 하지만 양림동은 양림동이었다. 벽에는 드문드문 예쁜 벽화들이 그려져 있었고, 아담하고 예쁘게 꾸며진 커피 전문점들도 들어서 있었다(그중 양림교회 건너편 '로이스'의 커피맛은 유명하다. 단 주인장이 오만해서 아주 친한 단골이 아닌 경우 커피를 내려주지는 않고 원두만 판다는 단점이 있다). 관광 안내소도 있었고, 기념품 가게들도 몇 있었다. 그러나 홍대 앞이나 인사동 골목, 혹은 북촌에 비할 바는 아니었다. 다만 주위에 녹지가 제법 형성되어 있는 터라 천천히 걸으며 맑은 공

해질녘의 양림동은 노인의 느린 산책에는 최적의 배경이다.

기를 마시기에는 아주 좋았고, 인접한 사직공원에 오르면(거기엔 남산타워를 흉내낸 듯한 건축물이 우뚝 솟아 있다) 저멀리 무등산과 광주 구시가가 한눈에 내려다보여 우선 눈이 시원할 것 같았다.

양림교회는 낡았지만 그래서 오히려 교회치고는 덜 위압적이었고(K의 아내는 그 교회 벤치에 앉아 책을 읽은 날들이 많았다고 했다), 이제 신학대학교 교정에 포함되어버린 선교사들의 사택 구역은 아직도 서양촌의 흔적이 남아 예쁜 풍경을 만들어내고 있었다. 신학대 캠퍼스에서는 멀리 무등산이 광주 구시가를 감싸고 있는 풍경이 고스란히 내려다보였다.

해가 지기 직전 시간, 특유의 빛이 만들어내는 질감 덕에 광주는 좀 따뜻해 보였다. 한 노인이 느릿느릿 골목길을 산책하는 뒷모습을 사진기에 담았을 즈음, K는 이 일요일 오후에 자신이 좀 평안해졌다는 느낌을 받았다. 그러나 그의 아내는 아니었다.

여전히 아주 복잡한 옛 주택가 골목길로 들어섰을 때, K의 아내는 걸음이 달라졌다. K가 보기에 그 걸음은 좀 어린 걸음이었다. 그로서는 젊은 날의 기억을 아무리 더듬어도 도저히 방향감각을 유지하기 힘들 것 같은 미로 속을, 그의 아내는 팔랑팔랑 잘도 걸었다. 앞서 달려가 K의 시야가 미치지 않는 곳에서 또각거리는 발소리만 들려오기도 했다. 골목

옛 선교사 사택이 서 있던 언덕에서 내려다본 늦은 오후의 광주는 좀 '역사적'이다 싶은 느낌이었다.

은 성인이 양팔을 벌리면 충분히 닿을 만큼 좁았다. 바닥에는 오래된 시멘트 블록들이 깔려 있었고, 어떤 집들은 옛 소품들로 과장되게 치장해 영화 세트장 같다는 느낌을 주기도 했다. K의 아내는 거기서 할아버지에게 자전거 타는 걸 배웠다고 했다. 기웃기웃거리며 여기는 누구 집이었고 여기는 누구네 집이었다고 말하는 폼이 마치 할머니 집에 오랜만에 놀러온 소녀 같다는 생각이 들 정도였다(K는 잠시 아내가 귀엽다는 생각이 들었지만, 역시나 표현하지는 않았다). 그러자 그때, 보이지 않는 저 앞 어딘가에서 어렴풋이 아내의 목소리가 들렸다. '없어졌어……'.

무슨 일인가 싶어 다가갔을 때, K는 금방 상황을 파악했다. 그의 아내가 달려온 골목길 끝에는 당연히 있어야 할 옛집이 없었다. 골목은 거기서 끝났고, 삐걱거리는 대문을 지나 포도나무 넝쿨이 무성했고 나무 마루가 시원했으며 하얗고 꼬불꼬불한 할머니가 볼살이 도톰한 여고생의 하교를 반겨주던 오래된 한옥집이 있어야 할 자리에는, 대신 4차선 대로가 휑하니 뚫려 있었다. K의 아내는 마치 지금 살고 있는 집을 잃어버린 사람처럼 허망한 표정으로 거기 좀더 서 있었다. 제아무리 '역사문화마을'이라도 보존하지 못하는 것은 있게 마련인 것이다.

# 응팔 유감

K가 양림동에 다녀온 지 얼마 되지 않아, 〈응답하라 1988〉이란 드라마가 열풍을 일으켰다. K는 양림동이 그 드라마 속 쌍문동 같았다. 추억과 향수와 가난을 파는 골목…… 기억에도 불쾌를 피하려는 속성이 있기 마련이니, 그 어떤 갈등과 울분도 지나간 시절의 일로 웃어넘기고 말면 되는 상상의 골목(그대여 아무 걱정하지 말아요)…… 너무 아늑해서 어쩌면 되돌아갈 수도 있을 듯하지만, 실제로는 우리가 상실해본 적조차 없는 무계급의 이웃 공동체……

소파에 누워 배를 득득 긁던 염세적인 K씨, 그의 머릿속에 장난스러운 문구 하나가 떠오른 것도 그때였다. '이데올로기란 주체가 옛 시절의 골목과 맺고 있는 상상적 관계이다'…… 말하지 않았던가, 그는 한때 마르크스주의자여서 알튀세르에 심취한 적이 있었다고…… 다만 쌍문동과 양림동이 환기하는 골목 공동체가 너무 뭉클해서, 그에 대해 K가 가지고 있는 감정이 다소 편향적이란 생각이 든다면, '모든 이데올로기에는 유토피아적 계기가 있는 법이다'라는 아도르노의 말이(프레드릭 제임슨이던가?) 다소나마 위안이 될지도 모르겠다. 오래된 골목은 자주 이상화되곤 하는 기억의 힘을 빌려, 지금 여기 우리가 살아가는 꼴을 추문으로 만들기도 한다.

Walking Sound Track

아내와 동행했으므로, 양림동에서 K는 음악을 듣지 않았다. 그러나 만약 들을 수만 있었다면, 그는 미국의 인디 팝 가수 Radical Face의 〈Homesick〉을 들었으리라.

# 5

## 광주극장
## : 옛날 영화를 보러 갔다

"어……,
오늘은 어떻게……
시간이 좀 나셨나보네요."

—광주극장 이사, 김형수

# 오래되고 가망 없는 것들

K가 광주극장 김형수 이사와 각별하다고 할 만큼 많은 사연을 쌓은 사이는 아니다. 서로의 존재를 알게 된 지는 오래되었으나(가망 없는 일에 의미를 부여하며 살아가는 사람들에 대한 소문은 '그들 사이로만' 삽시간에 번져가서, 그들은 만나보지 않고서도 서로를 그리워하게 되고, 서로를 실제보다 훨씬 친근하게 여기면서 신뢰하게 된다. 물론 K 혼자만의 생각이다) 실제로 만나본 것은 고작 몇 년 전 일이고, 사석에서 술잔을 기울여본 것도 두어 차례에 불과하다. 그러나 K는 김형수씨를 조대영씨(광주독립영화협회 집행위원장)만큼 신뢰한다. 조대영이란 사람이 또 누군가 하면 광주에서 K가 송광룡씨(계간 『문학들』 편집인)만큼 신뢰하는 사람이다. 송광룡씨가 또 누군가 하면 광주에서 K가 조진태씨(광주전남작가회의 회장)만큼 신뢰하는 사람이다.

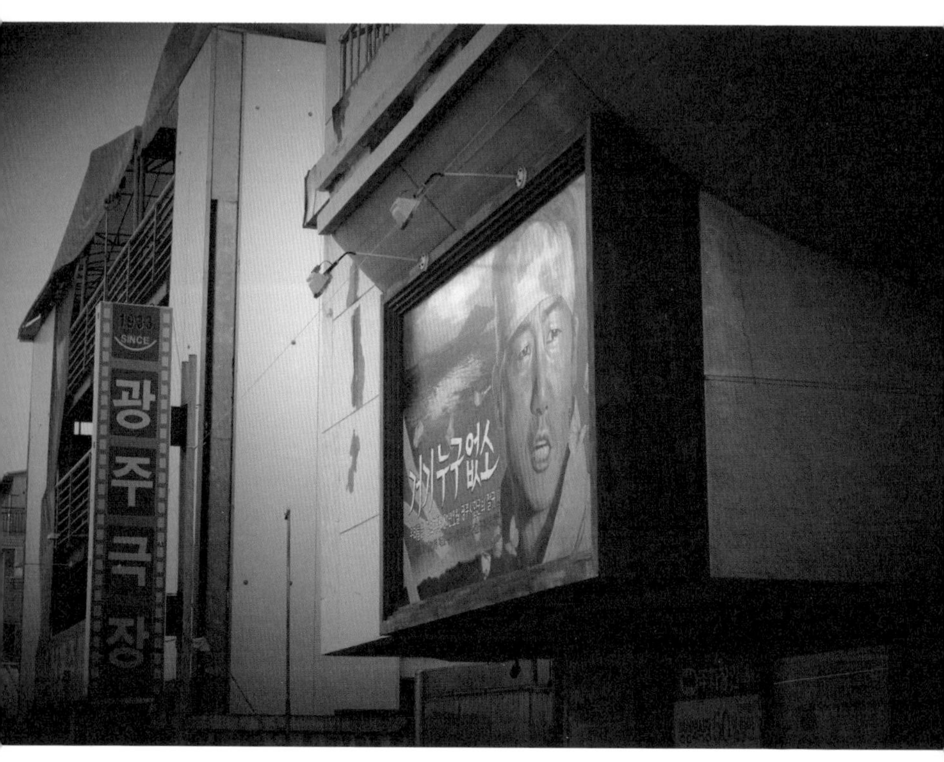


기록에 따르면 광주극장이 개장한 것은 1935년 10월의 일이다.
자그마치 80년이란 세월을, 광주극장은 충장로5가 그 자리에 그대로 버티고 서 있는 것이다.

김형수씨, 조대영씨, 송광룡씨, 조진태씨…… 이들에게는 모두 공통점이 있는데, 이제 사양 사업이라고 핀잔이나 듣는 일에(시라니, 문예지라니, 인디영화라니, 예술 극장이라니!) 발을 담그고는 영영 포기할 줄을 모른다는 점이다. 또 행정과 서류에 아주 서툴 뿐만 아니라 관에 손 벌리는 일을 아주 싫어해서, 별일도 없는 관변 단체들도 곧잘 받아내는 이러저런 지원금이며 보조금 받는 일을 무슨 도둑질처럼 여긴다는 점이다. 신념이 그들을 견디게 하고 있다지만, 그들이 내심 많이 힘들다는 것을 K는 잘 안다. 왜냐하면 그도 그런 가망 없는 일을 해본 적이 있기 때문이다.

K는 한때 인문사회과학 전문 서점을 우여곡절 끝에 물려받아 운영한 적이 있다. 사회과학 붐이 다 스러지고 난 2000년의 일이었고(그 서점에서 그는 그해에 등단했다는 전화를 받게 된다. K는 그 봄날 서점 안에 떠돌던 먼지들의 흐름까지도 다 기억한다), 서점 이름은 '청년글방'이었다. 그는 지금도 가끔 청년글방의 (베니어합판으로 만든) 조잡한 카운터에 앉아 손님을 기다리는 꿈을 꿀 때가 있다. 꿈속에서 그는 민망하게도 바지를 입지 않고 앉아 있는데, 사람들이 언제 들이닥칠지 모르겠어서 불안해하는 중이다. 말할 것도 없이 부끄러움에 대한 꿈인데, 이 서점을 운영하는 동안 K는 거의 매달 마지막 1/3을 그 꿈에서와 같은 심정으로 보냈다.

월말이 가까워지면 수금을 오던 인문사회과학 출판사 영업직 사원들은 다 좋은 사람들이었다. 그들이 특별히 빚 독촉을 했던 것도 아니고,

수금 왔다가 돈 달라는 얘기도 못 꺼낸 채 서점 건너편 허름한 중국집에서 짜장면에 빼갈(이 술과 음식은 이렇게 발음해야 그 맛이 산다) 몇 잔을 나눠 마신 후 헤어지는 경우도 많았다. 그러나 염세적인 K씨, 그는 경제에 관한 한 소심하고 어설픈 사람이어서, 그럴 때마다 항상 숨고만 싶었다. 경제적인 빚도 졌지만 마음의 빚이 컸다. 고마운 여러 사람들이 후원도 하고(그는 이후로 이때 마음의 빚을 진 사람들이 청하는 부탁을 전혀 거절하지 못한다) 이러저런 행사도 했다지만, 2006년에 그는 서점을 그만두었다. 뒤를 이어 '광주–전남 문화연대'가 운영을 맡았으나 그도 오래가지는 못했다(K는 당시 이 시민 단체의 사무국장이었던 김지원 형에게 많이 미안해하고 있다. 그리고 당시 최고의 고객이었던 고재종 시인과 김기천 형에게도……).

소수가 그의 서점을 아주 좋아해줬음에도 불구하고 실은 가망이 없다는 것을, 서점 주인장 행세하던 날들 내내 K는 잘 알고 있었다. 긴 얘기는 신파가 되겠다. 대신(그가 알면 펄쩍 뛸 일이지만) 당시 K의 상황을 잘 보여주는 그의 짧은 글 한 편을 옮겨본다. 그의 컴퓨터 폴더에 기록된 파일 정보에 따르면 2002년 4월 5일자의 글이다.

황사도 별로 없는 봄날의 연속이다. 서점 밖 통유리 너머로, 어쩌다 여기까지 날아든 벚꽃 이파리들이 난분분 난분분 떨어지는 모습은 참 곱기도 하다. 꽉 막힌 골목이 아니라 전망 좋은 등성이, 야트막하고 알

맞은 풀밭 위에 서점이 있으면 좋겠단 생각이 간절하다. 오늘은 『고도를 기다리며』를 읽는다. ……에스트라공과 블라디미르가 아무리 기다려도, 고도는 못 오신단다. 그런데 고고와 디디가 정말 고도를 기다리고 있기는 한 걸까? 모르겠다. 그들은 자주 잊어버린다. 자신들이 고도를 기다리고 있다는 사실마저도. ……의자를 들고 서점 밖 골목길로 나와 앉는다. 햇빛이 눈부시다. 잠시 책에서 뿜어져나온 반사광 탓에 눈이 문자를 판독해내지 못한다. 글자보다 햇볕이 먼저 눈에 드는 날, 이토록 꽃구경하기 좋은 날이니 손님은 못 오실 게다. ……어쩌면 고도는 자기 자신들일지도 모르는데(그들의 이름 고고와 디디를 합하면 '고도' 직전까지는 간다), 그들은 오지도 않을 고도를 하염없이 기다린다. 1막과 2막이 다른 건 없다. 유일한 무대장치에 푸른 잎이 몇 장 자라나긴 했지만, 결코 그 푸른색도 고도의 도래에 대한 상징이 되진 못한다. ……봄이 봄 같지 않던 시절이 있었다지. 가령 '꽃잎'이란 예쁘장한 말조차도(이 말은 자꾸 최윤의 소설 「저기 한 점 소리 없이 꽃잎이 지고」의 그 소녀, 1980년 5월이 망가뜨려버린 순결한 영혼을 떠올리게 한다), '잔인한 달 4월'이라거나 '계절의 여왕 5월'이란 상투적인 시구조차도(이런 말들은 아무래도 사치스럽다. 이 나라엔 사월에도 오월에도 유월에도 웃을 수 없을 만큼은 비장한 일들이 많았다) 발설하기 부끄럽던 시절이 있었다지. 그러나 그때의 봄조차도 내겐 희망의 상징이 되지 못했다. 내 우울은 어디서 오는 걸까? 우리 세대는 참 오래 봄을 못 느끼며 살았다. 고고와 디디에게 고도가 그랬던 것처럼, 봄은 기나긴 기다림, 이제 생각하면 영영 도래하지 않을 것에 대한 기다림에 바쳐졌다. 그러나 바로 그 기다림 덕에, 그땐 서점에 기다리지 않아도 손님들이 있었다지. …… '고고와 디디가 그 기나긴 기다림의 시간을 견디는 방식은 오로지 '말'이다. 포조도 럭키도 모두 말로 그 권태와 지루함을 견딘다. 그러나 장담하건대, 그들이 제아무리 간절한 척 주절거리며 고도를 기다려도 고도는 절대 안 온다. 그러나 고도가 존재하지 않는다는 사실을 인정해버리고 나면, 연극은 끝나야겠지. ……나는 연극을 하고 있는 것이 아닐까? 가망 없는 사회과학 서점 주인장이라니…… 발자국 소리에, 잠시 책에서 눈을 뗐다. 손님인가? 헌 종이 박스를 가득 담은 리어카를 끌며, 낯익고 늙은 앞집 아주머니가 허청허청 걸어왔다. 그래, 손님은 못 오실 게다. 꽃이 이렇게 좋은 날인데…… 1990년대 이후로 사회과학 전문 서점에 손님이 든다는 게 가능한가? 월세 낼 때가 되었고, 오늘은 종일 고재종 시인에게 시집 세 권을 팔았다. (2002.4)

저 글을 읽고도 만약 짠한 감정이 일지 않는다면, 그것은 오로지 K의 모자란 글솜씨 때문이다. 실제로 그는 당시 7년을 참 전전긍긍하면서 살았고 심신이 많이 힘들었다. 그래서 가망 없는 일을 하는 사람들에 대한 신뢰가 남다르다. 광주극장 김형수씨에 대한 그의 밑도 끝도 없는 믿음에도 이유는 있었던 것이다.

그의 서점이 한창 어려울 때, 광주에는 예의 그 '광주 아시아문화중심

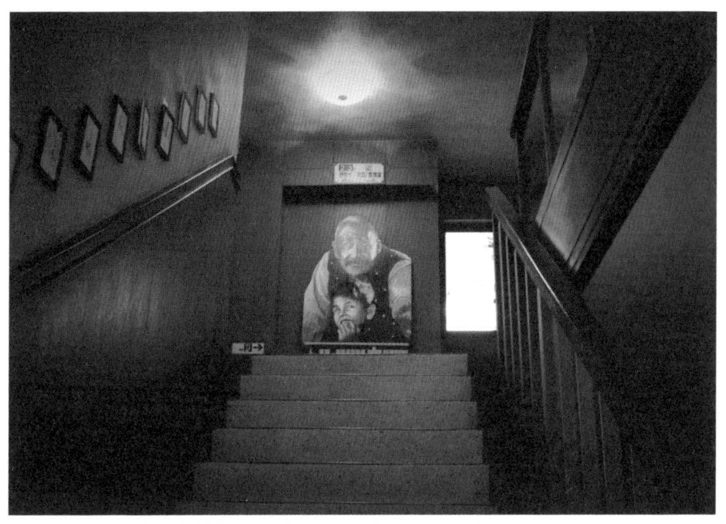

저 포스터를 올려다보며 계단을 오를 때마다 K는 자신도 말하자면 토토였다는 생각이 들곤 한다. 알프레도가 곁에 없었을 뿐……

도시 조성사업'이 시작되었다. K가 그 사업에 모종의 기대 같은 걸 하지 않았다면 거짓말이다. '문화도시'란 말에 그는 허황되게도 신동엽이 「산문시 1」에서 그렸던 것과 유사한 세상을 꿈꿨다. 시인은 그 시에서 노동자가 하이데거를 읽고, 대통령이 자전거에 손녀를 태운 채 막걸리를 사러 가는 세상(훗날 그는 그 모습을 노무현에게서 보게 된다)을 그렸다.

K는, 마을들의 깊은 골목마다 서점 하나씩은 있어서, 저녁마다 노란 백열등 켜진 서가 주위에서 독서 토론회와 작가 초청 강연회와 시민들

의 자작시 낭송회가 열리는 도시를 바랐다. 청년글방은 그런 서점의 성공적인 사례가 되리라. K는 또 바랐다. 시민 누구나가 훌륭한 영화를 보고, 감독이나 비평가와 만나 토론하고, 심지어 영화를 만들어보기도 하는 도시가 진정한 의미의 문화도시이리라. 광주극장 같은 데 사람들의 발길이 끊이지 않는 것이 문화도시이리라. 그러면 조대영씨도 김형수씨도 이 도시에서 자기 몫의 일을 찾게 되리라. 다른 것도 바랐다. 문화도시란 경제경영서 같은 것들을 성경처럼 읽는 사람들보다는 시를 읽고 소설을 읽는 사람들이 교양인 소리를 듣는 도시여야 하리라. 도시 내에서 출간되는 훌륭한 문예지 몇 종은 가지고 있어야 할 것이고, 문인 단체들이 부족한 예산에 매년 허덕이지 않아도 되는 도시여야 하리라.

K는 지금도 저런 꿈들이 허황되기만 한 것은 아니었다고 생각한다. 국립 아시아 문화의 전당을 짓느라 들어간 예산은 기하학적으로 많았고, 그 돈이면 정말로 광주는 저런 도시가 될 수 있었으리라는 미련을 그는 아직 못 버렸다. 그러나 광주는 그렇게 되지 않았고, 광주극장의 김형수씨가 여전히 힘들 것임을 K는 짐작하고도 남는다.

# 80년이라니

문화의 전당에서 금남로를 따라 쭉 내려오다보면(걸어도 될 만큼의 거리다), 왼편으로 K가 아주 좋아하는 중식당 영안반점이 보인다. 이 식당도 실은 유서 깊지만, K는 식당 앞에서 왼편으로 방향을 틀어 충장로5가(지금의 도로명 주소로는 충장로 46번 길)로 접어든다. 100미터쯤 걸으면 광주극장이다(K는 별로 시장하지 않았던 거다).

기록에 따르면 광주극장이 개장한 것은 1935년 10월의 일이다. 그래서 광주극장은 광주에서 가장 오래된 극장이다. 자그마치 80년이란 세월을, 광주극장은 충장로5가 그 자리에 그대로 버티고 서 있다. 그러나 오래되었다는 것만이 K가 광주극장을 좋아하는 이유는 아니다. 광주극장은 현재 광주에서는 유일한 예술 극장이자 단일 상영관이기도 하다.

옛 극장의 매표창구에서는 사람이 사람에게 표를 팔았다.
돈을 받고 표를 건네는 마르고 하얀 손의 주인이 K는 항상 궁금했다.

입구에 다다르면, 오래된 창구 매표소가 여전히 남아 있는 극장 현관이다. 매표 창구에 사람은 없다. 현관문을 밀고 들어가면 검표소가 나오는데, 거기서 여전히 종이로 된 영화표를 판매한다. 매표원은 낯익은 이일 때가 많다. K의 제자이거나 제자의 친구이거나, 어쨌든 여차저차 한 다리 건너면 아는 젊은이다. 광주가 좁아서이기도 하지만, 광주극장을 좋아하는 사람들이 뭔가 이상한 취향의 연대 같은 걸로 묶여 있기 때문이다.

〈워낭소리〉를 보고 오던 날, 아들이 말했다. "할아버지 냄새……".
그 말은 영화에 대해서도 광주극장에 대해서도 아주 적절했다.

로비는 멀티플렉스관만큼 넓지도 편의 시설이 많지도 않은 대신, 천장이 3층 높이까지 뚫려 있어 웅장하고 고풍스럽다. 벽과 바닥은 바랬지만 청결하게 청소되어 있고, 주로 건물 내부 장식이나 나무로 마름된 몰딩 부분에서 오래된 흔적들이 묻어난다. 예술 극장이라는 자부심도 묻어나는데, 붙어 있는 포스터들은 다 뜯어다 소장하고 싶은 것들이고, 벽에서는 오래된 건물 특유의 묵은내가 좀 풍기지만 불결하다는 느낌이 드는 종류의 냄새는 아니다. '할아버지 냄새……'. 함께 〈워낭소리〉를 보고 오던 날, K의 아들은 그 냄새를 이렇게 말한 적이 있다.

로비 앞쪽에 1층 객석으로 난 출입문이 있고, 양쪽의 계단을 통해 위층 객석으로 올라갈 수 있다. 올라가기 전 이젠 좀체 보기 힘든 간판화들 몇 장을 볼 수도 있다. K가 좋아하는 영화 〈핑크플로이드의 The Wall〉 포스터도 세워져 있고, 전태일을 연기한 홍경인도 볼 수 있다. 구식 포즈로 유혹하는 영자도 볼 수 있다. 좀 어두운 2층에도 로비와 비슷한 공간이 있는데 거기에는 오래된 카메라와 영사기 같은 것들이 묵직하게 전시되어 있다. K는 녹슬지 않은 채 오래 묵은 금속이 이 건물과 잘 어울린다고 생각한다. 여기서 객석으로 들어갈 수도 있고, 한 층 더 올라가 더 높은 객석으로 들어갈 수도 있다.

커튼을 젖히고 객석에 들어서면, 우선 압도적인 크기의 스크린에 놀라게 된다. 단일관이니 한 편의 영화만 튼다. 주인장이 영화를 팔아 장사할 생각이 도통 없으니, 공간을 쪼개 여러 칸의 상영관을 만들지도 않았고, 그래서 화면의 크기가 저렇다. 다음으로 놀라게 되는 것이 객석의 규모다. 2층까지 포함하면 웬만한 상영관 다섯 개쯤은 합쳐놓은 크기다. 심리적으로는 그보다 더 크게 보이는데, 이유는 관객이 없기 때문이다. 예외적인 경우를 제외하고 관객은 열 명을 넘지 않는다. 영화 상영을 알리는 긴 종소리가 울리고 불이 꺼지면, 그 넓은 공간에 자신과 움직이는 이미지만 남겨진 듯, K는 고독한 영화광이 되지 않을 도리가 없다.

실은 K보다 더 영화를 좋아하는 사람들이 광주극장을 일종의 동아리

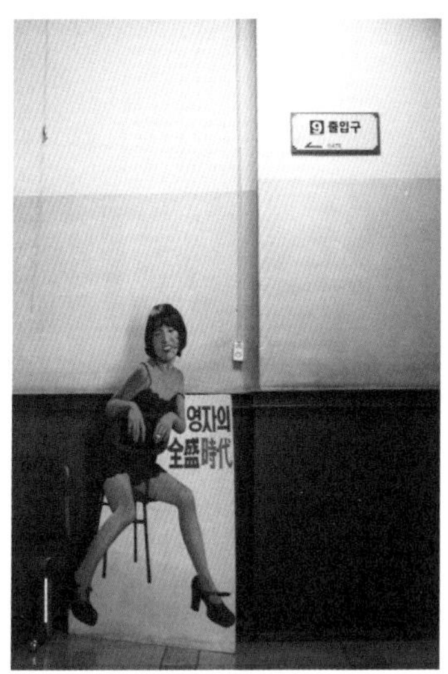


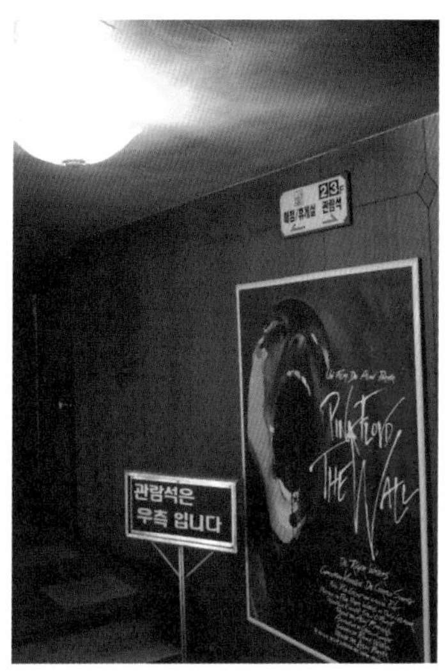


K가 좋아하는 영화 〈핑크플로이드의 The Wall〉 포스터도 세워져 있고,
구식 포즈로 유혹하는 영자도 볼 수 있다.

방으로 삼은 지는 꽤 오래되었다. 영화 상영 외에도 다양한 강연이나 소모임들이 그 안에서 이루어진다. 운이 좋은 날은 나오는 길에 극장을 운영하는 김형수 이사를 만나기도 한다. 그런 날은 확실히 운이 좋은 날이 맞다. 왜냐하면 김형수 이사는 참 좋은 사람이어서 그를 보면 기분이 좋아지기 때문이다. 지난 결혼기념일에 K는 아내와 코엔 형제의 영화를 봤는데(그들 영화들치고는 좀 지루했다), 그날도 운이 좋은 날이었다. 영화가 끝나고 막 나가려는 참에 사무실에서 내려오던 사람 좋은 김형수 씨를 만났다. 그럴 때 김형수씨는 얼굴에 멋쩍은 웃음기를 머금으며 아주 어눌한 어투로 이렇게 말하곤 한다.

"어……, 오늘은 어떻게…… 시간이 좀 나셨나보네요."

# 광고

광주극장을 나설 때, 어려웠던 시절 생각을 지나치게 많이 한 K는 좀 지쳤다. 그리고 독자들도 지금쯤 시큰둥하기만 한 K의 걸음을 뒤쫓아오느라 좀 지쳤으리라 생각된다. 그래서 말인데 쉬어갈 겸, 광주 걷기 광주극장 편을 마무리한 K가 '광주기아챔피언스필드'로 야구를 보러 가기 전에, '대놓고 하는 광고' 한 편 듣고 가는 것도 나쁘지 않겠다. 독자 제위께서는 양해하시라.

광주극장에 들러보지 않은 자, 광주에 다녀갔다고 말하지 말라

광주 유일의 예술영화 전용 극장

Since 1935, 81년의 전통

(못을 박듯 또렷한 발음으로, 그러나 애정을 담은 목소리로 한 자 한

자 띄어서 길게 읽을 것)

광 주 극 장

(군중들의 환호 소리 5초간 들린 후)

상영 영화 수준 100퍼센트 보장

서늘한 날씨에는 건강에 안 좋은 난방풍보다 훨씬 보드랍고 포근한 담요 무료 제공

갓 내린 커피가 한 잔에 1,000원

그리고……

(잠시 뜸을 들인 후)

당신이 객석에 들어서는 순간 당신은 저 넓은 객석 전체를 전세 내실 수 있습니다.

어디든 골라 앉으세요.

(오얼, 와우! 등등 군중의 효과음)

극장 밖에서는 이제 막 충장로 7080 축제가 시작될 참이었다.
젊은이들은 그리 많지 않았다.

운이 좋은 날이라면, 사람 좋은 김형수씨의 미소가 덤

광주극장은 언제나 당신을 환영합니다.

연인, 가족과 함께 오세요.

(웅장한 에코 효과음으로)

과 앙 주 우 그 윽 자 앙

**Walking Sound Track**

지친 K를 대신해 말하자면, 광고 배경음악으로는 A Boy And His Kite의 〈Cover Your Tracks〉란 곡이 좋을 듯하다. 영화 〈트와일라잇—브레이킹 던〉에 삽입된 곡인데, K는 영화의 질과 무관하게 OST 음악들 중 이 곡을 가장 좋아한다.

# 3부 — 일요일에

# 6

# 챔피언스필드
# : 야구란 무엇인가

아버지는 화병으로 죽었다.
야구 중계를 보다 뒷목을 잡고 쓰러져 병원에 실려간 아버지는
반짝 정신이 들자마자 대뜸 물었다.
해태는?
사내는 무심코 사실대로 말했다.
7대 4로 깨져부렀어요.
아버지의 얼굴이 검붉게 일그러졌다.

—김경욱, 『야구란 무엇인가』

# 야구의 기억

어린 시절 K는 야구를 좋아했고, 또 제법 잘했다. 다른 많은 것들에 대해서는 인색했음에도 불구하고(인색한 게 아니라 절약했던 것임을 K는 나중에야 깨닫는다), 야구를 좋아했던 K의 부친은 당시 송정리에서는 기적과도 같았던 선물을 아들에게 안겨줬다. 그것은 포수용 미트였다. 그거 하나면 충분했다.

비료 포대를 접어 글러브를 만들고 배나무 둥치를 깎아 배트를 만들어 쓰던 시절이었다지만, 포수용 미트는 좀 달랐다. 투수가 던지는 속구를 받아내야 하므로 반드시 두툼한 솜뭉치가 들어 있어야 했고, 공을 받을 때 펑펑 소리가 날 만큼 찰져야 미트라 불릴 만했다. 그랬으니 그가 그걸 들고, 감자 추수가 막 끝난 밭에서 야구 비슷한 걸 하고 있는 또래 아이들 앞에 나타나면, 그에게는 대개 투수 자리가 주어졌다. 그리고 그

K는 어렸을 적 공을 좀 던지는 편에 속했다.
그러나 얼마 전 그는 스크린 야구장에서 아들에게 졌다.
일부러 져준 것은 분명 아니었다.

는 잘 던졌다(사실이다. 다만 한 가지, 당시 그와 야구를 같이 하던 동네 아이들이 그보다 대체로 어렸고, 또 야구의 룰도 잘 모를 만큼 초심자들이었다는 사실에 대해 K가 함구하고 있다는 사실은 지적할 필요가 있다).

게다가 그가 나고 자란 곳이 송정리였다. 지역사회의 유지였던 선동렬의 아버지가 목욕탕과 극장을 운영하던 곳…… 선동렬이 K가 다닌 중학교에 잠시 적을 둔 적이 있다는 사실은 아는 사람만 안다. K 또래의 아이들에게 그는 송정리가 나은 불세출의 영웅이었던 것이다. 여기에 K가 중학교에 다니던 시절이 1980년대 초반, 그러니까 한국에 프로야구가 막 도입되던 시기였단 말도 덧붙여야겠다. 그 시절 송정리에 있던 TV들은 거의 대부분 야구 중계 채널에 맞춰져 있었고, 아이들은 너나없이 야구 딱지를 모았고, 짝퉁 야구 모자와 야구 잠바는 불티나게 팔렸다. 아마추어였지만, K는 그 열기 속에서 열심히 던졌다.

그러나 한국의 인문계 고등학교는 학생들에게 야구를 권장하지 않았고, 대학생들은 전두환의 3S정책을 비판하느라 여념이 없었다. 어쩌면 훌륭한 투수가 될 수도 있었을 염세적인 K, 그래서 그도 한 6년간 야구를 접는다.

표표히 야구장(실은 운동장이나 논밭)을 떠났던 K가 홀연 무등 경기장에 모습을 드러낸 것은 1989년 봄의 일이다. 그는 휴학생이었고, 군대에

갈 참이었고, 휴학 기간이 길어질수록 놀아주는 사람은 없었다. 한적한 외야에 자리를 잡은 그의 손엔 소주병이 들려 있었고, 일찌감치 취했으므로 경기의 결과나 전개 과정에 대해서는 기억나는 것이 하나도 없다(그땐 거대하고 화질 좋은 전광판 같은 것도 없어서, 멀리서는 누가 때리고 누가 던지는지도 확인하기 힘들었다). 해태와 롯데의 경기였다는 것이 그가 기억하는 전부다. 그러나 그는 그날 야구장에서 야구 경기가 아닌 다른 것을 보게 된다. 그것은 정치였다.

스코어는 기억나지 않지만 해태 타이거즈가 롯데 자이언츠에게 졌던 것은 분명하다. 9회 말이 끝나자, 말릴 수 없는 어떤 일이 일어났다. 술에 취한 사내 하나가(K는 아니었다. 물론 그 유명한 무등산 타잔도 아니었다. 거긴 무등산이 아니라 무등 경기장이었으니까) 전광판에 기어올라간 것이다. 줄을 지어 경기장 밖으로 빠져나가던 사람들 중 상당수도 이미 취한 상태였다. 그들이 쳐다보는 가운데(많은 사람들이 내려오라고 만류하긴 했으나 진정성이 있어 보이진 않았다) 취한 사내는 전광판에 올라가 뭔가를 외치기 시작했다. K의 귀에 그 소리는 '플레이 플레이 김봉연!'이었다가 '플레이 플레이 김성한!'이었다가 또 '플레이 플레이 김종모!'로도 들렸다. 사람들은 같이 연호함으로써 화답했다.

그러나 스포츠와 정치가 자리를 바꾸는 데에는 채 몇 분이 걸리지 않았다. 어느 순간 사내의 외침이 구호로 바뀌었다. 그가 '플레이 플레이 김대중!' 이라고 외쳤던 것이다. 그러자 퇴장하던 관객들의 목소리는 되레 더 크고 높아졌다. 곧이어 '플레이 플레이 김대중!' 이 '노태우는 물러가라 좋다 좋다' 로 바뀌었고, 시위 경험이 좀 있어 보이는 대학생들이 배운 티를 내며 '군부독재 타도하자!' 라고 외쳤다.

그런 식으로 퇴장하던 관객들은 순식간에 시위대로 돌변했고, 스포츠는 다시 정치로 되돌아갔다(정치적 의도로 만들어진 프로야구였으니 그것은 '되돌아' 간 것이 맞았다). K에게 그 광경은 절대 코미디가 아니었다. 전두환에게 그랬듯이, 광주 사람들에게도 야구는 정치라는 사실을 K는 실감했던 것이다. 그날 스포츠와 정치는 같은 피를 나눈 형제였다.

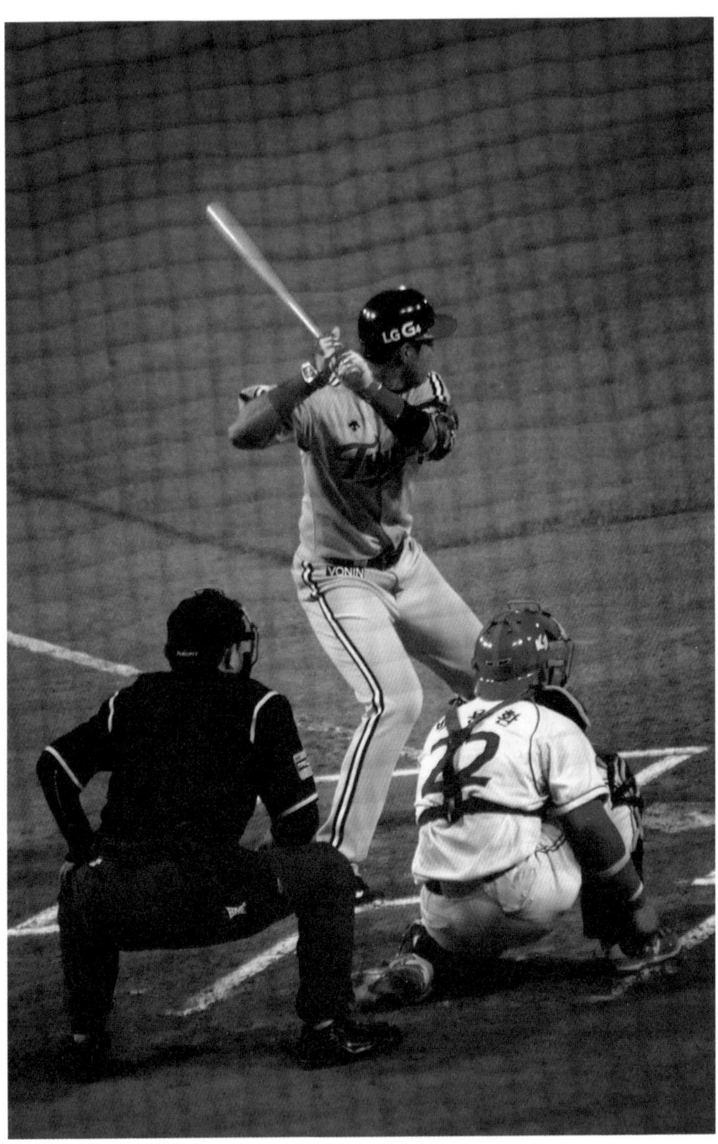


1980년 5월을 겪은 광주 시민들에게
야구란 도대체 무엇이었을까, K는 생각해본다.

# 야구란 무엇인가?

광주 출신 작가 김경욱(K는 군더더기라고는 찾을 수 없는 그의 단편들을 좋아한다)이 쓴 『야구란 무엇인가』에는 작은아들을 무참하게 잃은 아버지가 등장한다. 5·18 때의 일이다. 이후 그는 법과 야구에 목숨을 건다. 해태가 졌다는 말과 함께 숨을 거두는 그이고 보면, 야구에 목숨을 걸었다는 말을 과장이라고 할 수만은 없겠다.

1980년 5월을 겪은 광주 시민들에게 야구란 도대체 무엇이었을까? K는 생각해본다. 학살자가 선심 쓰듯 만들고 허용한 것이 프로야구였고, 또 모든 스포츠가 그렇듯이 야구 역시 오래된 전투의 흔적을 간직하고 있다면, 그것은 반드시 이겨야 하는 또하나의 상징적 싸움이었을 것이다. 아니나다를까 소설 속 종배의 아버지는 법 앞에서의 굴욕을 야구에서의 승리로 보상받고자 한다. 그들에게는 '해태'가 단순히 제과 회사나 야구

단의 명칭만은 아니었던 것이다. 타이거즈는 광주의 다른 이름이었다. 죽는 순간까지 종배의 아버지가 야구 결과에 집착하는 데에도 이유는 있었던 것인데, 그는 1980년 5월의 숭고했던 그 며칠을 이미 겪어버린 주체였다.*

혹자는 광주 사람들의 야구 취향을 두고 '지나치다'라거나, 스포츠를 스포츠로 보지 않는 것 같다고 말하기도 한다. 맞는 말이다. K도 마찬가지다. 퇴근 후 야구 중계를 보며 소주잔을 기울이는 것이 야구 시즌인 6개월 동안 그가 누리는 저녁 일상인데, 그는 그 시간대에 유독 입이 험해진다. 잘하는 다른 팀 선수도 욕하고, 못하는 타이거즈팀 선수도 욕한다. 그게 다 유전된 획득형질 때문이다. 그의 아버지가 그렇게 야구를 봤고, 1989년 봄의 무등 경기장 관람객들이 그렇게 야구를 봤다. 그런 K를 아내는 종종 나무라지만 제아무리 아내를 무서워하는 K라도 유전된 습관을 쉽사리 버릴 수 있을 것 같지는 않다.

그건 말하자면 일종의 전환장애와 같다. 그러니까 히스테리…… 프로이트는 히스테리를 간단하게 '심리적 갈등의 신체적 전환'이라고 정의한다. K는 야구를 볼 때 광주 사람들의 심리를 '정치적 울분의 야구적 전환'이라고 생각할 때가 많다. 그리고 그런 증상은 꼭 야구에서만 나타나

* 김형중, 『후르비네크의 혀』, 앞의 책, 39쪽.

는 것도 아니다. 가령 영화 〈26년〉 시사회장에서 5·18 유가족들은 진구가 '그분'을 사살하려는 순간 "쏴! 쏴버려!"를 연발했다고 한다(한혜진이 같이 죽어도 상관없었다는 점에 대해서는 좀 유감이다). 그런 식으로 광주 사람들에게 스포츠와 대중문화는 정치적 울분이 증상으로 전화하는 장소임에 틀림없다.

K가 그나마 다행이라 여기는 것은, 프로이트에 따를 때 히스테리 같은 신경증은 (우울증이나 편집증이 속한 정신증과는 달리) 치유가 가능하다는 점이다. 단 완치를 위해서라면 외상이 남긴 상흔이 지워져야 할 테니, 전두환이 지금 저대로 곱고 뻔뻔하게 늙다가 자연사하는 일만은 없었으면 하는 것이 그의 바람이기는 하다.

하여튼 권장할 만하지는 않지만 이해할 수는 있는 일들이 있는 법이다. 저녁 야구 시간대 아파트 단지에 종종 울려퍼지는 중년 사내들의 고함을 그래서 K는 좀 이해하는 편이다. 그러지 않으려고 노력하지만 K도 그럴 때면 틀림없이 광주 사람이다. '언젠가 야구를 야구로만 보는 날이 오겠지'. '광주 사람이 LG나 한화를 응원하는 날도 오겠지'. 한때 한화를 격하게 응원했던 아들을 보며, K가 혼자 중얼거려보는 말들이다.

# 챔스필드에서

K가 챔스필드에 마지막으로 간 것은 지난가을이었다(이제 시즌이 시작되었으니 곧 가볼 참이다). LG와의 경기가 있었고, 훌륭한 영문학자이자 번역가인 I형(그는 비관적인 LG 팬이다. LG의 지난해 경기를 보면 그가 왜 비관적이었는지는 금세 이해할 수 있다)과 동행했다. K의 가족들도 왔고, 그의 아들은 친구들까지 데려왔다. I의 가족들은 그때 미국에 있었다. 그러나 I는 이 수선스러운 기아 타이거즈 응원 부대에 합류하는 것을 마다하지 않았다.

전에도 몇 차례 다녀갔으므로 경기장의 규모와 시설에 다시 놀라지는 않았지만, 챔피언스필드는 화려하고 깔끔하고 뜨거웠다. 바야흐로 무등경기장의 시대는 간 것이다. 그래서 K는 챔스필드의 시대, 이제 스포츠를 스포츠로 즐겨보자고 다짐하고 나선 길이기도 했다. 그날의 경기는

K는 야구가 광주 사람들에게는 일종의 상징투쟁일 거라고 생각한다.

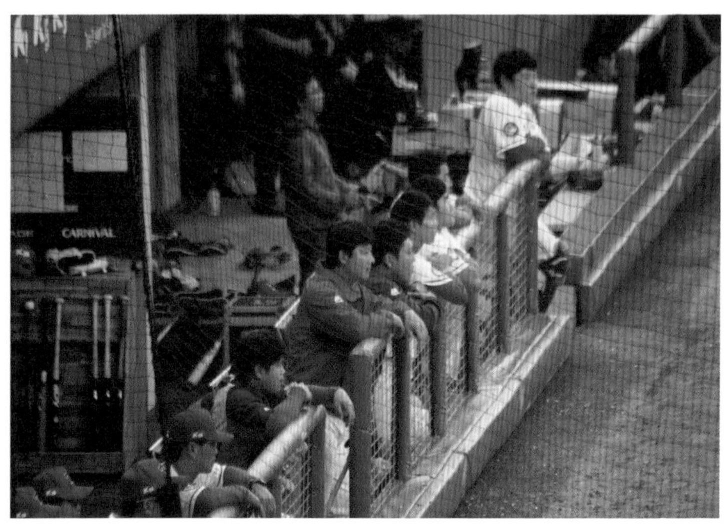


사람들이 종종 망각하곤 하지만 한국의 프로야구는 정치가 만들었다.

흡족했다. 남 앞에서 격렬한 몸놀림을 보이는 걸 몹시 싫어하는 K마저도 어느 순간 벌떡 일어나 팔을 흔들어대고 응원가를 따라 불렀다면 말 다했다. 문득 광주 경기장에서는 타이거즈가 지는 것이 '시적 정의'라던 황지우의 시 한 구절이 떠올라 잠시 I형의 눈치를 보지 않은 것은 아니지만, K는 웃음을 감추기 힘들었다. 맥주를 여러 통 들이켰고, 5회가 끝나갈 즈음 경기장의 많은 중년들과 마찬가지로 어김없이 대취했다.

K의 아들은 한때 지역 유소년 야구단에서 정식으로 야구 훈련을 받기도 할 만큼 야구를 좋아했었다(지금은 동네 아이들을 부추겨 '용봉 FC'라

는 축구팀을 만들었다. 야구를 배신한 아들에게 K는 축구 유니폼도 사줘야 했다). 그래서인지 친구 녀석들과 계단까지 나아가 일렬횡대로 서서는 치어리더들의 몸짓을 잘도 따라 했다(몇 시간 뒤 K는 경기 하이라이트를 TV로 다시 보다가 녀석들과 잠깐 화면을 통해 다시 마주치게 된다).

경기가 끝나고 나서, K는 I형을 바짝 약올려가며 생선회를 안주로 소주 몇 잔을 기어이 더 마셨다(I는 참 어지간한 사람이다. 그는 술을 거의 입에 대지 못하는 사람인데도 끝내 자리를 뜨지 않았다). 취기와 함께 아주 행복한 주말 오후를 보낸 자 특유의 나른함이 그를 감싸기 시작했을 때, K는 휘청휘청 휘파람을 불며 집으로 돌아왔다. 그러고는 스포츠와 자신에 대해 지나치게 너그러워져 경기 하이라이트를 다시 보다가 다시 꾸벅꾸벅 졸았다. 꿈에 전두환만 나오지 않는다면 그는 그대로 아침까지 이어지는 잠에 빠져들어갈 태세였다. 씻지도 않고 침대에 몸을 던진 K, 얼마 후 그의 아내가 방을 뛰쳐나왔고, 새벽까지 그의 코 고는 소리는 그치지 않았다.

**Walking Sound Track**

곤히 잠든 K에게 자장가 한 곡. Liam Finn의 〈Lullaby〉다.

# 7

# 우치 동물원 : 변장한 유토피아

"그렇습니까, 기린입니다."

—박민규, 「그렇습니까, 기린입니다」

# 변장한 유토피아

왕족이나 귀족이 사적으로 동물원을 소유하는 풍습은 고대부터 18세기까지 그 전례가 많이 있었다고 한다. 그러나 근대적 동물원이 최초로 그 모습을 드러낸 것은, 1828년 런던에서였다. 그것을 근대적이라고 하는 이유는 그 설립 목적이 공익을 위한 것이었고('동물생리학의 진보와 동물계의 신지식을 소개하기 위한 목적으로'), 특권층만이 아니라 일반 시민 누구에게나 공개되었기 때문이다. 많은 근대적인 것들이 그렇듯, 동물원도 19세기 영국에 그 기원을 두고 있다.

K의 장황하고 냉소적인 어투를 빌리자면, 온갖 종류의 동물들을 모아 요리조리 분류해서는 학명이란 딱지를 붙인 다음 우리에 가두어 런던 시민들(모험과 휴식을 꿈꾸었겠지만 실제로는 스모그 자욱한 하늘 아래서 매일을 다람쥐 쳇바퀴 돌리듯 살아가야 했던)에게 구경시키는 일이, 지표

동물원은 이중적으로 식민주의의 산물이다.
우선 전 세계적 범위에 걸친 식민지 생태계 없이는 생겨날 수 없었다는 점에서 그렇고,
인간에 의한 자연의 식민화가 낳은 결과물이라는 점에서도 그렇다.

면의 반쯤을 식민지화한 19세기 최강 제국주의 국가의 취미였다는 말 되겠다. 그런 의미에서 동물원은 이중적으로 식민주의의 산물이다. 우선 전 세계적 범위에 걸친 식민지들의 생태계 없이는 생겨날 수 없었다는 점에서 그렇고(그 많은 동물들을 다 어디서 데려왔겠는가?), 인간에 의한 자연의 식민화가 낳은 결과물이라는 점에서도 그렇다(정복된 자연만이 동물원에 전시될 수 있다). 동물들은 제국주의의 전리품이었던 것이다.

일찍이 이를 간파한 사람은 독일의 철학자 테오도르 아도르노였다. K가

한때 경전처럼 읽었던 『미니마 모랄리아』에서 아도르노는 이런 말을 한 적이 있다. "유토피아는 동물로 변장해 있다"(K의 두번째 비평집 제목이 『변장한 유토피아』였다. 그 책도 시 쓰는 편집자 김민정이 만들어주었다). 그의 눈에는 동물원의 동물들이 창살 안에 갇힌 유토피아의 은유로 보였던 모양이다.

K는 (동물원을 아주 좋아했으므로) 처음엔 그런 말에 충격을 받았다. 그러나 우연한 계기로 우치 동물원에 들러 기린의 눈을 오래 들여다본 후부터, 그는 아도르노에게 두말없이 동의하게 되었다. 동물원은 문명 이전의 생기 혹은 문명 이후의 낙원 같은 것들을 헛되이 상기시키면서, 아주 안전한 방식으로 자연을 전시한다. 학명이 주어지고 습성이 파악된 동물들은 고작 제 몸피보다 조금 큰 우리 안에 갇혀 일종의 이데올로기가 되는데, 그것들은 온몸으로 자연은 위대하다고, 그러나 그 위대한 자연을 포획하고 분류한 인간의 문명은 더 위대하다고 웅변한다. 알튀세르가 일일이 거론하지는 않았지만, 동물원도 실은 강력한 이데올로기 장치들 중 하나였던 것이다. 이것이 K가 어느 날 기린과의 긴 눈싸움 끝에 얻은 결론이었다.

그러나 그 긴 눈싸움 이후로도, K는 여전히 동물원을 좋아한다. 물론 세 살 먹은 아이가 아니니, 동물과 움직이는 인형을 구분하지 못하는 K는 아니다. 그의 지능은 평균을 한참 웃돈다. 따라서 우리로서는 그에게 다

소간의 '가학/피학' 취미가 있다고 말할 수밖에 없겠다. 그는 쇠락해가는 동물원에서 쓸쓸해지기 위해, 쓸쓸해하는 사람들을 보기 위해('너희들도 쓸쓸하구나!'), 그리고 인간이 이룩했다는 문명 세계의 위선이 자신의 눈앞에서 어쩔 수 없이 폭로되는 장면 같은 걸 확인하기 위해 동물원에 간다.

물론 쇠락의 분위기는 우치 공원이 아니라도 이즈음 동물원이라면 어디서나(이른 아침 시간이라면 더더욱 실감나게) 느낄 수 있다. 언제부턴가 K는 (벚꽃 피는 봄날 주말 며칠을 제외한다면) 사람들로 북적거리는 동물원을 상상하기가 힘들다. 최근 그가 가본 모든 동물원에는 사람이 별로 없었고, 그래서 어딘가 지치고 낡아 보였다. 실제로 울타리는 녹슬고 축사 벽은 군데군데 벗겨지거나 빛이 바랜 채로 방치되는 곳이 많았다(근대는 이제 늙었다).

아이들이 없어서인지도 몰랐다. 아이들은 이제 왜 동물원에 오지 않는 걸까? 학원에 가야 하니까. PC방이 더 재미있으니까. 이미 TV에서 아주 선명한 화질로 수많은 동물들을 자세히 들여다봤으니까. 그러나 이런 대답들은 어딘가 모르게 건성이라고 K는 생각했다. 그래서 '세계 자체가 동물의 왕국이니까'라는 (자못 문명 비판적이긴 하지만) 재미없고 뻔한 답을 더 떠올리는 짓은 피해갈 수 있었다.

동물원도 실은 강력한 이데올로기 장치들 중 하나였던 것이다.
이것이 K가 어느 날 기린과의 긴 눈싸움 끝에 얻은 결론이었다.

아이들만이 아니었다. 동물원에 오는 어른들은 K의 눈에 대체로 실제보다 나이가 많아 보였고, 어쩌다 데이트라도 나선 젊은이들이 있긴 했으나 그들은 곧 헤어질 사이로 보였다. 동물원의 연인들은 서로를 어색해하는 표정이 역력했고, 손을 잡고 걷지 않는 경우가 많았고, 마치 조문이라도 가려는 것처럼 대체로 어두운 색감의 옷을 입고 있었다(K가 그걸 바랐기 때문에 그렇게 보였는지도…… 말하지 않았던가, 그의 눈은 세계를 선별적으로 본다고). 그러나 K는 동물원의 그런 분위기가 좋았는데, 그런 감정에는 분명 어떤 악의가 숨겨져 있었다.

특별히 동물들의 분뇨와 분비물과 그것들로부터 풍겨나오는 냄새 앞에서, 그의 그런 악의는 정체를 드러내곤 한다. 액체도 아니고 고체도 아닌 저 미끈거리는 똥 덩어리들…… 쇠창살로도 가둬지지 않는 저 고약한 냄새와, 축사 바닥을 흘러넘어와 기어이 인도를 적시고야 마는 축축한 분비물들…… 격렬한 꼬리의 흔들림을 따라 크레모어 파편처럼 사방으로 튀는 하마의 똥물…… 풀을 뜯는 척하다가 아무에게나 뱉어대는 낙타의 걸쭉한 녹색 타액 방울들…… 보라는 듯 일부러 관람객의 시선 쪽을 향해 높이 쳐든 원숭이의 발갛고 탱탱하고 외설스러운 엉덩이들…… 삼켰다 뱉어놓은 것임에 분명한 비단구렁이 축사의 위액에 젖은 닭들…… 독수리의 목에 목걸이처럼 걸려 있는 형체 모를 동물의 내장들……(이런 제길, 독자들의 비위를 생각해서라도 이제 그만 K를 말려야겠다).

K는 동물원에서 주로 그런 것들만 본다. 그런 것들이 실은 동물원의 이면이자 본질이라고 생각하기 때문이다. 그것들은 마치 크리스테바가 말한 '비천한 것들abject'과 같아서, 근대 문명이 제아무리 구획하고 분류하고 딱지를 붙여 전시한다 해도 가둘 수 없는 것들이라고 K는 생각한다.

독수리가 냅킨으로 입을 닦을 순 없지 않은가? 원숭이가 생리대를 하고 다닐 수도 없고, 비단구렁이가 음식물 쓰레기 분리수거를 할 수도 없지 않은가? 낙타가 타구에만 침을 뱉기를 바랄 수도 없는 일이고, 하마더러 영역 표시는 한적한 새벽 시간에 잠깐만 하라고 경고할 수도 없는 노릇 아닌가? 말하자면 그는 전시된 유토피아가 변장했던 가면을 내던지는 순간을 확인하러 동물원에 가는 것이다. 갇혔으나 다는 전시되지 못한 자연을 보러, 위생적으로 가뒀다고 생각했으나 결국엔 체면을 구기고야 마는 문명을 보러……, 그로부터 어떤 가학/피학적인 감정의 진동을 겪으러……

그런 생각에 빠져들 때, 이상하게도 그는 전혀 우리와 종을 같이하는 인류의 한 개체 같지가 않다. 염세적인 K, 그는 그런 식으로 한 번씩 사람들을 두렵게 만드는 구석이 있다.

# 동물들

한국 최초의 동물원은 창경궁 내에 세워졌다. 1909년 11월의 일이라고 한다. K는 아직 이곳에 가보지 못했다. 기관지염 때문에 중학교 시절 수학여행을 포기했기 때문이다. 이후론 바빠서(뭐가 그리?) 못 갔고, 그리고 흥미도 잃었다. 광주 사직 공원(양림동과 인접해 있었다)에 동물원이 들어선 것은 1960년대 후반(박정희식 조국 근대화가 한창이었겠다)이라고 한다. 이곳에는 K도 가본 적이 있다.

K는 초등학교 2학년 때 처음 동물원에 갔다. 가족들을 동반한 엄청난 숫자의 근대화 역군들이 마치 자연에 대한 인류의 승리를 확인하기라도 하겠다는 듯, 축사 앞에서 뭔가를 던지고 이상한 손짓을 해 보이며 키득거리는 모습이 장관이었다(실은 좀 비열해 보였다). 먼지 앉은 좌판에 진열된 바나나가 아주 비쌌다는 기억이 남아 있다. 150원(당시 막대 아이

동물원은 전형적으로 근대적인 공간이다. 자연에 대한 근대의 승리가 그곳에서 기념된다.

스크림 한 개의 가격이 30원이었다). 그 놀라운 가격에 애꿎은 과일장수는 K의 부친에게 욕을 먹었다. 아들 K와 자신의 부모를 함께 모시고 나들이를 나선 김용우씨는 그날 좀 들떠 있었고, 그래선지 좀 용감해 보이기도 했다. 비처럼 떨어지는 벚꽃 꽃잎들 사이로 우뚝 솟은 김용우씨, 그날 그 얼굴은 대춧빛처럼 붉었다. 관우 같았다(K는 그때 어린이 삼국지를 읽고 있었다).

그러나 그 시절 이후로 K는 더 무럭무럭 자랐고, 사춘기의 청소년들이 다들 그렇듯 동물에 대해서는 그다지 관심이 없어졌다. 그래서 K가 다시 동물원에 다니기 시작한 것은 그후로도 오랜 세월이 흐른 뒤인 2001년 즈음부터였는데, 그때쯤 K도 아버지가 되어버렸던 것이다. 동물원은 이제 우치 공원에 있다. 1995년, 사직 동물원이 지금의 우치 공원으로 이전했기 때문이다. 사직 공원은 아무래도 동물원을 품고 있기에는 넓이도 아량도 좁았다. 도시인들은 자신들이 보고자 할 때에만 주변에 동물이 있기를 바란다(어디 동물뿐일까. 죽음도 광기도 동물과 비슷한 처지이긴 매한가지다).

K가 사진도 찍을 겸 우치 동물원을 걸었던 날은 이른봄의 토요일이었다. 2년 전과 달리 입장료는 무료였다. 사람들이 거의 오지 않는다는 말이겠다. 공원 입구에서부터 동물원까지는 걸어도 10분이 채 안 걸리는 거리였지만, K는 관람 열차를 탔다. K와 3인 가족(엄마와 딸 둘, 아이들은 신나 보였지만 엄마의 표정은 역시나 무료하고 우울해 보였다. 아빠는 보이지 않았다)이 승객의 전부였다. 이른봄이었고 날씨는 포근해서 머리카락을 날리는 바람의 느낌이 좋았지만, 얼마 되지 않아 바람 속에 익숙한 냄새가 섞여들었다. 그 냄새를 통해 K는 동물원이 코앞에 있음을 알 수 있었다. '동물원이야, 그래 동물원이로군……' 그의 입가에 기묘한 미소가 번졌다.

무슨 임대 아파트처럼 벽에 일렬로 늘어선 새집들이 인상적이었던 앵무새관에서, K는 (식상하게도) 황지우의 시를 떠올렸다. '새들도 세상을

최근 K가 가 본 동물원들은 다 퇴락해가고 있었다. 근대가 늙어가고 있는 거다.

앵무새들은 마치 비좁은 임대주택 단지에 같은 날 입주한 세입자들 같기도 했다.

동물들, 특히 맹수들이 유독 피로해 보였는데, 그러고 보니 토요일 오후였다.
그러나 가령 월요일 오전이라고 해서 악어가 유리창 너머를 노려볼 까닭이 있겠는가.

뜨지 못하는구나'. 김엄지의 소설들을 떠올리기도 했는데, 화사한 깃털 색깔만 아니라면 앵무새들은 살지고 느린 비둘기 같아 보였다. 평화와 희망의 상징 비둘기가 아니라 '날아다니는 돼지'(K가 비둘기를 이렇게 부른 지는 오래되었다), 비둘기…… 앵무새들은 마치 비좁은 임대주택 단지에 같은 날 입주한 세입자들 같기도 했다.

펠리컨 앞에서는 혼자서 '아, 하세요 펠리컨'이라고 중얼거려보기도 했지만, 펠리컨은 K에게 아무런 관심도 보이지 않았다. 그저 멍하니 울타리 밖을 노려볼 뿐이었는데, 그 표정이 기괴하다 싶을 만큼 사색적이어서, K는 잠깐 무서웠다.

K가 최선을 다해 오래 둘러본 곳은 역시 기린 축사였다. 그는 그날도 무슨 지혜라도 구하듯 기린의 순하고 맑은 눈을 오래 쳐다봤고, 기린도 그랬다. 얼마간의 눈맞춤만으로 K에게 동물원과 문명 간에 맺어진 밀약의 비밀을 전수해버린 존재…… 기린은 여전히 완고한 평화주의자처럼 보였고, 그래서 위엄 있었다.

맹수들의 막사도 들르고 맹금들의 막사도 들렀지만, 동물들은 하나같이 피로해 보여서 K는 되레 미안해하고 있는 자신에 더 신경을 써야 했다. 토요일 오후가 저무는 황혼녘이었다. 그래 황혼녘이었다. 사납지 않은 짐승들의 게으르고 무심한 울음소리가 가끔 적막을 깰 뿐 사위는 고요했고, 바람은 적당히 서늘했다. 하늘의 구름은 저 서쪽부터 빨갛게 물들어가고 있었는데, 마치 한 시대가 다 갔다는 사실을 고지하기 위한 상징 같기도 했다. 그래서 무슨 위대한 정신 하나가 이제 다시 태어나더라도 이상할 게 없는 그런 황혼녘이었다.

그러나 철창 속, 앙상하게 줄기만 남은 나뭇가지 위의 올빼미가 날아오르지 않는 것은 너무나도 당연한 일이라고, K는 생각했다. 걸어나올 수도 있었으련만, 그는 다시 관람 열차를 탔다.

**Walking Sound Track**

K는 동물원으로 출발하기 전, 휴대폰에 동물들과 관련된 많은 노래들을 골라 담았다. Eels의 노래도 있었고 Rachael Yamagata의 노래도 있었다. 그러나 가장 쓸쓸한 곡은 Damien Rice의 곡 〈Animals Were Gone〉이었다. 그 노래는 기린의 눈망울과 잘 어울렸다.

황혼의 철창 속, 앙상하게 줄기만 남은 나뭇가지 위의 올빼미가 날아오르지 않는 것은 너무나도 당연한 일이라고, K는 생각했다.

# 8

## 대인시장 : 국밥과 위스키

홀로 들이켠 수면제 가슴 젖어오는데
추석 달빛은 차고 어머니는 웃고

—곽재구, 「대인동 블루스」

# 취향의 사회학

K는 아내와 아들을 동반해서 대인시장에 갔다. 이즈음 토요일마다 시 낭송회가 열리곤 하는 B공연장 사거리에는, 무대를 마주보는 자리에 삼겹살집이 하나 있다. 거기서 셋은 목살을 구워 먹었다. 비닐로 된 차양 밖으로 K도 제법 아는 광주 문인들이 삼삼오오 시 낭송회를 준비하고 있었지만(차양이 반투명했으므로 식당 밖의 문인들 중에는 그를 알아본 사람도 여럿 있었다는 사실을 K만 모른다), 시 앞에서 고기를 굽는 일이 멋쩍어진 K는 고기 먹는 일에만 집중했다. 고기 맛은 훌륭했다. 이윽고 반주 삼아 소주 몇 잔을 들이켠 뒤 불콰해진 K가 아들에게 말했다. "거의 스테이크 수준이네!"

무심코 뱉은 말이지만 K의 말이므로, 이 감탄문에 대해서는 몇 가지 해명이 필요하다. 당시 K의 지갑 사정이 많이 어렵지는 않았다. 게다가 오랜만에(용봉 FC 단원 네 명과 축구를 하느라 아들은 주말 오후에 항상 바쁘시다) 아들과 마주앉은 외식 자리였다. 따라서 그가 마음만 먹었다면 스테이크를 먹는 게 어려운 일은 아니었던 것이다. 그런데 그는 사람들로 왁자하고 위생 상태도 그리 좋지 않은 시장의 맨바닥 식육 식당에서 고기를 구워 먹으며, 그 맛을 스테이크에 비교하고 있었다. 그러니까 음식에 관한 그의 취향의 위계 속에서, 그 순간 목살은 스테이크보다 아랫줄에 있었던 셈이다. (모든 돼지고기는 아닌) '어떤' 돼지고기만이, 거의 스테이크 수준에 육박하는 맛을 가지고 있다는 게 저 말의 진의일 것이기 때문이다. 그의 취향은 스테이크에 정향되어 있을 만큼 부르주아적인가?

그러나 그는 또 종종 다니는 레스토랑에서 스테이크를 썰 때, 그 반대의 말을 할 때도 많다. 고기는 아무래도 구워야 맛인데, 고기엔 역시 마늘이랑 소주가 있어야 해, 따위의 말들…… 그럴 때 그의 취향의 위계는 돌변해서, 포크와 나이프와 전채 요리와 후식으로 이루어져 있는 부르주아적 음식 문화를 조롱하느라 여념이 없다. 그는 자신이 격식 없고 호방한 사람으로 보이길 원할 때가 많다. 그의 취향은 서민적인가? 아니, 그에겐 일관된 취향이 없다는 말을 하려는 거다.

그는 육전에 막걸리를 마신 후, 바에 들러 17년산 위스키로 2차를 하고, 집에 돌아가서는 모자란 주량을 와인으로 채울 수 있는 유의 사람이다(아내의 말마따나 식탐과 주탐 때문일 수도 있긴 하다). 정태춘의 노래와 쇼스타코비치의 교향곡을 하나의 폴더에 넣고 저녁 산책을 나설 수 있는 유의 사람이고, 노모와 낮 막걸리를 마시면서는 "하이고, 꽃 다 져부렀는디 우리 엄니는 다리 빽다구가 아파서 서방 무덤에도 못 가보네"라고 너스레를 떨어놓고, 집에 돌아와서는 정색을 한 채 "음, 우리 딸, 오늘도 공부하느라 고생 많이 했겠구나. 아빠는 본가에 들러 할머니와 토속주를 한잔 나눠 마시고 왔단다"라고 말할 수 있는 유의 사람이기도 하다. 확실히 그의 취향은 뒤죽박죽 일관성이 없다.

워낙에 선별적인 기억력을 가진 K인지라 읽고도 잊어버렸겠지만(그는 스스로를 불편하게 하는 문장들을 잘 잊는다), 그가 읽은 책 중에는 프랑스 사회학자 피에르 부르디외의 『구별짓기—취향의 사회학』이란 책도 있었다. 그 책에서 사용된 용어를 흉내내 K의 저 이율배반적인 취향을 간단히 설명해볼 수도 있겠다. '상속 자본과 획득 자본의 불일치로 인한 취향상의 갈등……' 그는 국밥이나 삼겹살을 상속받았지만, 훗날 자신의 힘으로 스테이크와 와인을 획득했던 것이다. 시장을 상속받았지만 레스토랑을 획득했고, 리얼리즘을 상속받았지만 모더니즘을 획득했고, 루카치를 상속받았지만 아도르노를 획득했고, 그래서 종내에 그의 정체성은 부르디외가 말한 '신흥 독학자'(그는 실제로도 자신을 독학자라고 믿는다)의 그것과 가장 유사해졌다. 서민적인 것과는 거리를 두려 하지만, 부르주아적인 것은 경멸하는 묘한 이율배반이 정확한 그의 취향이다.

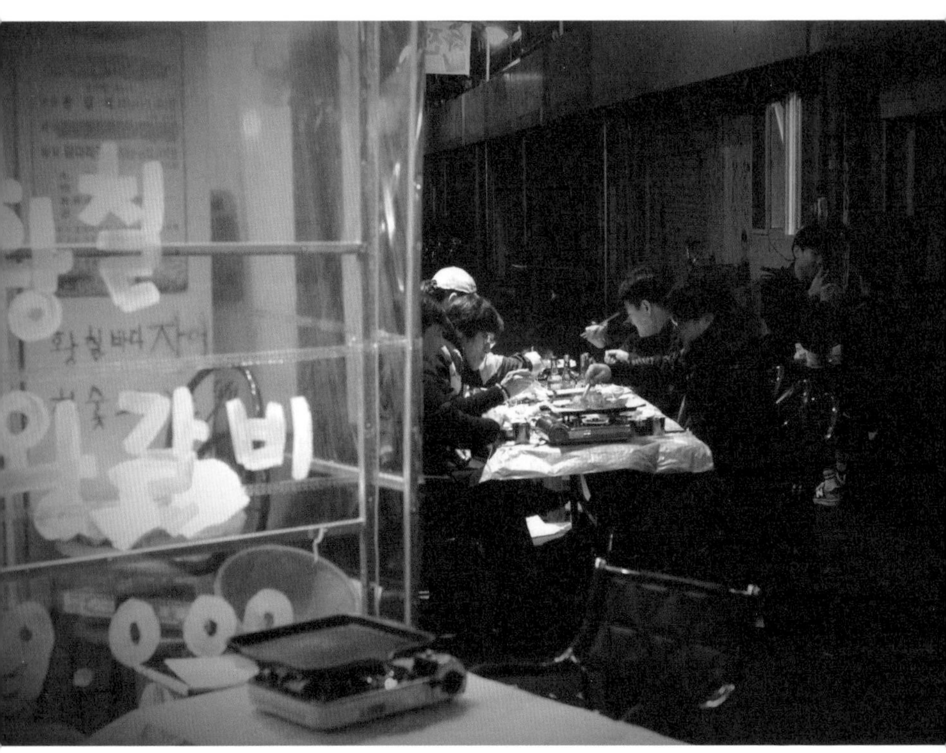

시장 국밥집에서 술을 마실 때, 사내들은 사내다움을 제대로 연출하는 것 같다.

그러나 그것이 그만의 취향(없음)인지에 대해서는 딱 잘라 말하기 어렵다. K는 민중과 민족을 문학의 대의로 꼽는 사람들에게서 이상한 귀족적 취향을 볼 때가 많았다. 반대로 근대성과 자율성을 문학의 대의로 꼽는 사람들이 안주도 없는 생맥주로 배를 채우며 격 없는 객담으로 서로를 환대하는 모습을 볼 때도 있었다. 명품으로 치장한 살 깊은 데서 풍겨나오는 악취를 맡은 적도 있고, 기이하게 봉건적인 진보정당 국회의원을 본 적도 있으며, 아내를 학대하는 노동 운동가를 본 적도 있고, 한국에 건너와 체질 개선을 못해 몸살을 앓는 첨단의 문학 이론들 때문에 골머리를 앓은 적도 있었다.

한국 얼굴에 서양 가면들, 귀족 얼굴에 민중 가면들, 가부장 얼굴에 민주주의 가면들, 정치 얼굴에 인권운동 가면들, 서적상 얼굴에 포스트모던 가면들…… 고택 옆에 룸살롱, 황토 방바닥에 전기장판, 한정식에 위스키, 쿨한 이별 후의 독한 스토킹, 기복 신앙이 된 종교, 모텔의 온천 표시와 구별되지 않는 붉은 네온 십자가들……(제길, K는 말려야 할 때가 많다). 요컨대 K의 눈에 한국은 일관된 취향이나 양식이라곤 찾아보기 힘든 나라였다. 그런 판국에 과연 누가 있어 그에게 돌을 던질 것인가.

따라서 K를 두고 시장을 좋아하는 사람이라고 말하기는 힘들다. 자라면서 그는 자칭 타칭 모더니스트가 되었고, 시장과는 어울리지 않는 많은 것들을 획득해갔다. 그러나 그를 딱히 시장을 싫어하는 사람이라고 말하기도 힘든데, 그에게 시장은 일종의 상속 자본에 속하기 때문이다. 말하자면 송정리가 그랬던 것처럼, 시장 또한 그의 '나'에 대해 구성적이었던 것이다.

K는 기억한다. 그를 자전거에 태우고 시장통에 나선 할아버지가(조부에게는 알리바이가 필요했다), 선술집에 들러 대포 한잔에 안주 삼아 시킨 오뎅(어묵보다 이 음식이 훨씬 맛있다) 한 대접의 맛…… 그는 또 기억한다. 친정에 들렀다 돌아오는 길(도산동으로 이사하기 전 외가는 시장을 관통해서 가야 했다), 어머니의 손에 들려 있던 모찌(일본식 찹쌀떡) 담긴 비닐봉지의 따뜻하고 말랑말랑한 촉감(어른이 된 후, 그와 비슷한 촉감을 K는 자신과 성이 다른 인간의 신체 상단부에서 재발견한다)……

그러나 먹을 것들보다 더 선명하게 그의 신체에 각인된 것은 시장의 난장판 같은 분위기였다. 훗날 바흐친을 읽었을 때, K는 그 분위기가 바로 '카니발'과 유사한 어떤 것이라는 걸 알았다. 웬만한 실수와 잡스러운 일탈 따위는 용인되기 마련이고, 홍청과 망청과 노발과 대발과 안하와 무인과 장삼과 이사가 이상하게 한데 모여서는, 아주 조화로운 불협화음을 내던 시장의 위계 없는 해방감…… 그걸 물려받은 게 K다.

# 토요일엔 장이 좋아

송정리의 시장을 빼면, 광주에 있는 시장들 중 K와 인연이 있는 곳은 네 군데다. 규모가 가장 클 뿐만 아니라 지금은 많이 근대화된 양동시장에서, 스무 살 즈음의 K는 검게 염색된 군복 야상을 사 입었다. 검은 야상과 검은 테 안경, 대학 시절 내내 이 모습이 K의 트레이드마크가 되었다. 그러나 K는 이제 인터넷이나 아웃렛에서 쇼핑을 한다. 밀리터리룩은 혐오하기조차 한다.

남광주시장은 회가 맛있고, 송광룡씨가 발행인으로 있는 계간 『문학들』의 사무실이 그 인근에 있다. K는 그 잡지의 편집위원이다. 당연히 남광주시장 근처에서 보게 되는 K는 대개 거나하게 취한 채로 기분이 아주 좋아진 상태다.

말바우시장은 K의 모교인 전남대와 노모의 집에서 가깝다. 상설 시장도 있지만 2일, 4일, 7일, 9일 이렇게 열흘에 네 번 장이 선다. 별다른 특색이 있는 시장은 아니다. 다만 광주에서 담양으로 나가는 차들은 이날을 피하는 게 좋다. 시장 사람들이 주정차 단속 따위를 두려워하는 법은 없기 때문이다.

그리고 나머지 하나가 대인시장이고, 이즈음의 K는 이 시장을 가장 선호한다.

대인동에 대한 광주 사람들의 기억은 그리 쾌적한 편이 아니다. 지금의 유스퀘어(광천동광주종합버스터미널의 별칭이다)가 광천동에 들어서기 전까지 아주 오랜 세월 동안, 광주시외버스터미널은 대인동에 자리잡고 있었다. 그리고 남광주역 인근에 남광주시장과 황금동 홍등가가 들어선 것과 마찬가지로, 시외버스터미널 인근에 대인시장과 대인동 유곽이 들어섰다. 밤이면 대인동 일대는(심지어 금남로 근처까지도) 호객 나온 여인들과 (이를 피하거나 반기는) 남성들의 쫓고 쫓기는 추격전으로 볼거리가 많았다. 세간의 말에 따르면, 당시 광주 남성들의 반은 대인동에서 (기꺼이, 혹은 발악하듯, 혹은 마지못해) 동정을 잃었다고들 했다(아마 K는 아닐 거다). '대인동'이란 지명은 그래서 대체로 어딘가 음란한 냄새를 풍겼고, 시장 역시 세간의 주목을 끌지 못했다.

터미널이 광천동으로 이전하고, 구도심이 공동화되면서 유곽에 대한 단속도 강화되었다(그 역순일 수도 있다). 대인시장도 여느 전통 시장들과 마찬가지로 쇠락 일로에 접어드는 건 당연해 보였다. 그러던 시장을 구한 건 아이러니하게도 미술이었다(믿을 수 있겠는가, 미술이 시장을 구하다니!).

2008년 제7회 광주비엔날레는 공공 미술 프로젝트의 일환으로 '복덕방 프로젝트'란 걸 기획했고, 그 기획이 실현된 장소가 바로 사라질 위험에 처한 대인시장 일대였다. 젊은 예술가들이 시장에 모여들었다. 그 이후로 대인 시장에서는 종종 전시와 공연이 열렸고, 상가의 벽마다 벽화가 그려졌고, 아기자기한 기념품 노점상들, 대안 예술 공연장 같은 것들도 생겼다. 대인시장 예술 프로젝트를 감당할 젊은 예술인들의 모임('대소쿠리')도 만들어졌다. 또 국립아시아문화전당 개관을 계기로 전당에서 주관하는 '아시아 문화예술 거점 활성화 프로젝트'가 연이어 기획되었고(공공 기관에서 하는 사업의 이름은 참 거창하기도 하지), 그래서 현재는 시장과 상인 및 예술가의 공존을 모색하는 공공 문화 운동의 성공적 사례로 꼽힌다. K가 특별히 여러 시장들 중에서도 대인시장에 발걸음을 자주 하는 이유다.

다시 대인시장 한 모퉁이 식육 식당으로 돌아가서, K는 가족과 함께 식사를 마쳤다. 소주 한 병을 비운 참이라, 기분이 좋았다. 마침 식당 건

시장에서 시인들이 시를 읽었다. 사람들이 대체로 무관심하게 지나쳐갔으므로, 시는 좀 숭고해 보였다.

너편 무대에서 준비를 마친 조성국 시인과 고영서 시인이 시를 낭송하기 시작했다.

고영서 시인은 그다지 긴장하지 않은 것 같았으나, 조성국 시인은 많이 긴장한 듯했다. 광주전남 작가회의 사무국장을 역임했고, K처럼 사회과학 전문 서점을(청년글방과는 노선이 좀 달랐다고나 할까) 운영하다 망해먹은 적도 있었건만, 그는 아직도 낯을 많이 가렸다(말하자면 그는 천생 자신을 과장하는 법이 없는 사람이다). 저녁 바람은 차가웠고, 인파는 시에 대해 그다지 호의적이지 않았다. 대체로 흘끔거리며 지나갔을

시장의 등 아래 공연하던 백안의 이방인은 흥에 들떠 보였지만, 백열등 빛이 멀리 퍼지지는 못했다.

뿐, 그들의 낭송을 들어주는 사람들은 대개 동료 시인들뿐이었다. '고군분투'란 단어가 K의 머리를 스쳐갔다. 시가 고군분투하는구나. 그러나 팔은 안으로 굽는 법이니, K에게 그 상황을 냉소할 마음은 전혀 일지 않았다. K는 시가 저자에서 홀대받는 그 상황이 어딘가 비장하고 숭고한 데가 있다고 느꼈다. 낭송회는 일찍 끝났다.

그날 K가 가장 인상 깊게 본 것은, 시장이 다 끝나가는 지점, 귀퉁이의 조그마한 목재 건물에서 열린 음악 공연이었다. 스님 복장을 한 중년의 한국 사내와 기타를 든 외국인 사내가 묘한 리듬의 음악을 연주하고 있었고, 제법 많은 관중들이 어깨를 들썩이거나 손뼉을 치면서 그들의 공연을 지켜보고 있었다.

음악은 무슨 흥겨운 주문 같았는데, 끝날 줄을 모르는 걸 보니 즉흥연주 같기도 했다. 천재적이었다. '다국적 난장판'……, 그 위로 노란 백열등이 빛나고 있었다. 몇 발짝 떨어져서 보자니, K는 신동엽의 「산문시 1」의 세계가 거기 펼쳐져 있는 듯한 착각에 사로잡혔다. 참 행복한 풍경이었다. 그러나 백열등이 밝혀놓은 그 공간 바깥으로 한 발짝만 벗어나면 세계는 다시 그들에 대해 적대적일 것이었으므로, K는 이 세계가 좀 잔인하면서도 아름다운 곳이란 생각이 들었다. 그러고 보면 시장은 항상 좀 잔인하면서도 아름다웠다.

안도현의 시가 무슨 제사상처럼 차려져 있는 주차장을 벗어나, K의 가족이 집으로 향하는 택시를 탄 것은 밤 열시가 다 되어서였다. K는 아이처럼 기분이 좋아져서 보이는 족족 연탄재라도 함부로 걷어찰 기세였다.

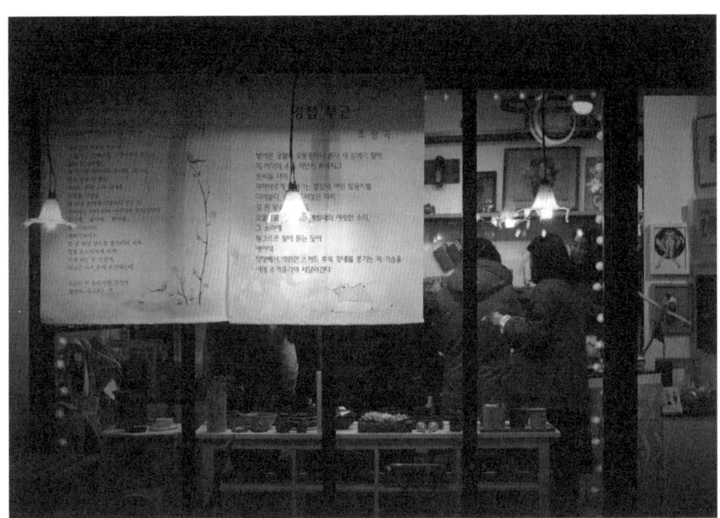

문화도시란 시장님이 자전거에 막걸리 싣고 늙은 시인의 집에 놀러 가는 마을쯤 되리라.

## Walking Sound Track

밤이 늦었지만 K는 술도 깰 겸 잠깐의 밤 산책을 나섰다. 익숙한 대학 교정을 걸으면서 〈Doomsday〉란 노래를 들었다. Elvis Perkins는 그 유명한 〈싸이코〉의 배우 앤서니 퍼킨스의 아들이다. 앤서니는 에이즈로 죽었고, 그의 아내 에밀리는 9·11때 비행기에서 죽었다. '최후의 날'을 노래하면서 아들 엘비스는 신나게 북 치고 나팔도 분다.

# 4부 — 죽는다는 것

# 9

# 망월묘지
# : 거대한 기념

'여보 당신은 천사였소,
천국에서 다시 만납시다.'

—남편

# 구묘역에서

망월동에는 두 개의 묘지가 있다. 하나는 '망월동 시립묘지'이고, 하나는 '국립5·18민주묘지'이다. 시립 묘지의 묘역들 중 제3묘역이, 우리가 흔히 '망월동 묘지'라 부르는 5·18 구묘역이다. 1997년 거기 있던 유해들은 국립묘지가 준공되면서 이장되었다.

그러나 이곳을 찾을 때면 K는 항상 구묘역에 먼저 들른다. 조부모가 1묘역에 누워 계시기 때문이기도 하지만, 실은 거기에 더 많은 현수막들이 걸려 있기 때문이다. 현수막을 보러 거기에 들른다는 말이 아니라, 아직 제도화되기 이전의 5·18, 그 흔적을 K가 거기서 더 많이 본다는 말이다. 불의를 못 견디는 사람들, '정치적인' 사람들은 여전히 구묘역을 잊지 않고 찾아온다. 그러곤 묘비에 붉은 머리띠를 감아놓거나, 나무들 사이에 구호를 걸어놓거나, 소나무들 사이로 난 숲길에다 시화를 전시한다.

신묘역이 들어서던 1997년은(그해에 임철우의 기념비적인 소설 『봄날』이 나왔다), 5·18 기억 투쟁에 있어 하나의 분수령이었다. 사태라거나 폭동이라 불리던 5·18이 '광주 민주화 운동'이라는 공식 이름을 획득했고, '폭도들'이 묻혀 있던 묘지를 국가에서도 (어쩔 수 없다는 듯) 민주 묘지로 인정했기 때문이다. 그러나 그때도, K는 보람이나 안도감보다는 뭔가 아슬아슬하다는 감정에 사로잡혔었다. 그것은 마치 오래된 빚을 받아냈는데, 그것만 있으면 잘 살 수 있을 것 같았던 그 돈이, 실제로는 생활에 아무런 보탬이 되지 않음을 깨닫게 된 사람의 마음과 흡사했다. 항쟁 기념탑은 거대했고, 추모관은 현대적이었다. 묘지들은 가지런하게 배열되어 있었고, '민주의 문'은 이제 누구에게나 열려 있었다. 그럼에도 K의 마음은 아슬아슬했다.

그래, 누구에게나 열려 있다는 것, 그것이 문제였다고 K는 생각한다. 그가 생각하기에 어떤 행동이나 언어가 '정치적'이기 위해서는 거기에 반드시 어떤 금기가 작동하고 있어야 한다. 쉽게 말해 법이나 국가가 하지 말라는 행동을 할 때에만 (랑시에르의 말마따나) '정치적인 것'이 발생한다고, K는 믿고 있다. 누구에게나 열려 있지도 않고, 열릴 생각도 없는 문을 밀고 들어가는 것이 정치다. 민주주의의 본질은 합의가 아니라 쟁론 가능성에 있으니까…… 정치는 치안과는 다른 것이니까……

5·18도 그랬다. 1997년 이전까지, 5월마다 금남로에서 열리는 집회는

(최소한 제한적으로) 불법이었다. 그래서 기어코 분수 광장에서 집회를 열겠다는 의지는 항상 공권력과 마찰을 일으켰고, 그 마찰 덕에 사람들은 기를 쓰고 도청 앞으로 몰려갔다. 그러나 1997년 이후로, 이제 5·18에 대해 누가 뭐라고 하건 그는 범법자가 되지 않는다. 분수 광장에서의 5월 집회는 그 많은 지역 축제들과 별로 다르지 않다. 그러자 5·18은 급속히 제도화되기 시작했다.

실은 1990년 보상법이 통과된 이후부터였을 것이다. 청문회가 열렸고, 5월 18일이 국가 기념일로 제정되었고, 많은 유가족과 부상자들이 차례차례 금전적 보상을 받았다(그 와중에 있었던 추한 소문들에 대해 K는 함구하기로 작정한다). 기념 재단이 생겼고, 기념 공원도 생겼고, 기념 묘지도 국립묘지로 승격되었다. 그런데, 어떤 사건을 '기념'한다는 말의 의미는 무엇일까? 애도가 끝나지 않은 사건은 기념할 수 없다. 현재진행형이니까…… 애도가 끝난 사건만이 기념될 수 있다. 지난 일이니까(최근 K는 세월호 참사를 두고도 어떤 이율배반에 빠진 적이 있다. 넋이 나간 듯한 몰골의 유가족들을 보면서 그는 차마 애도는 종결되어서는 안 된다고 말할 수가 없다). 5·18은 그 애도 과정을 거의 종결해가고 있었던 것이다. 그런 이유 때문에 국립묘지의 위용 앞에서, K의 마음은 항상 모순적이다.

K의 세대에게는, 묘지와의 사연 또한 구묘역 쪽에 더 많았다. 대학 때 그는 구묘역에 종종 갔었다. 회색분자였으므로 K는 쓸데없는 고민이 많

K는 항상 구묘역에 먼저 들른다.
거기에 더 많은 현수막들이 걸려 있기 때문이다.

불의를 못 견디는 사람들, '정치적인' 사람들은 여전히 구묘역을 잊지 않고 찾아온다.
그러곤 묘비에 붉은 머리띠를 감아 놓거나, 나무들 사이에 구호를 걸어놓거나,
소나무들 사이로 난 숲길에다 시화를 전시한다.

점점 낮아지는 봉분들과 휘날리는 현수막과 생뚱맞게 우뚝 솟아 있는 국기봉,
거기 걸린 태극기는 지상에서 가장 잘 어울리지 않는 곳에 서 있는 것 같았다.

았고, 정말 힘들어졌을 때(그렇다고 여겨졌을 때) 소주 두 병을 사들고 망월동을 찾은 적이 있었다. 반은 마시고 반은 뿌리다가 묘지 사이에 누웠는데 전혀 무섭단 생각은 들지 않았고, 심지어 낮잠에 빠지기까지 했다. 뭐랄까 그는 좀 든든했던 것 같다. 누군가 자신을 내려다보고 있는 듯한 느낌에 눈을 떴을 때, 그가 발견한 것은 누런 털의 개 한 마리였다. 스스로 개 같다는 생각을 K는 했었고, 그러고 나면 얼마 동안 강한 사람이 되려고 노력하기도 했다.

비엔날레 초창기, 시민들의 문화 향유와 별반 상관없는 이 사업에 대한 저항의 표시로 안티 비엔날레가 열렸던 것도 망월묘지였다. 무슨 심리였을까? 비 오는 새벽 으스스한 전시물들이 우비를 입고 어둠 속에서 젖어가는 모습이나 보자고, 기어기 거기까지 갔던 이유는……

서로를 동지라고 불렀던(K는 사용해본 지 아주 오래된 이 단어를 발음하면서 피식 웃었다) 이들과 매년 5월이면 묘지에 찾아가 〈님을 위한 행진곡〉 한 번쯤은 꼭 부르고 왔다는 사실에 대해서는 말할 필요도 없다. 광주가 아닌 곳에서도 그렇게 찾아오는 대학생들은 아주 많았다. 묵념하고 노래를 부르러…… 이한열도 김남주도 거기 누워 있었으니까.

요컨대 K는 구묘역이 진짜 망월묘역이라고 여전히 생각하는 편이다. 그리고 그런 생각이 딱히 그만의 것은 아니라는 걸 구묘역에 걸려 있는 현수막이나 머리띠들, 최근 다녀간 듯한 사람의 흔적들, 여전히 몇 개 다발씩은 놓여 있는 시들지 않은 꽃들, 그리고 비교적 최근에 생긴 봉분들을 통해 확인하곤 한다(2010년대에 생긴 봉분들도 있었다. 분신하거나 투신하는 노동자와 시민들이 이제는 사라졌다고 말할 수 없다).

그렇다고 그가 광주를 찾아오는 외지인들에게 구묘역에만 가라고 말하지는 않는다. 구묘역에도 가보라고, 점점 낮아지는 봉분들과 휘날리는 현수막과 생뚱맞게 우뚝 솟아 있는 국기봉(거기 걸린 태극기는 지상에서 가장 잘 어울리지 않는 곳에 서 있는 것 같았다)과 이한열과 김남주도 둘러보라고 권할 뿐이다. 거대한 기념물은 항상 실태를 과장하기 마련이어서, 국립묘지의 웅장함 때문에 광주에 대한 영웅적 환상을 품는 일은 없어야 한다는 생각 때문이다. 마찬가지로 광주는 이제 충분히 보상받았다는 환상 또한 품는 일이 없어야 한다는 생각 때문이다.

신화도 늙게 마련이고, 그 이면에는 추한 이야기들도 섞여드는 법이다. 그러나 기억하는 자들의 태도와 의지 여하에 따라서, 그 속도는 충분히 지연될 수 있는 것 아닐까. 비 오던 날, 묘비 이마에서 붉게 젖어가는 머리띠들을 보면서, K의 마음은 착잡했다.

# 신묘역에서

누구에게나 열려 있는 민주의 문을 들어서면 원형의 넓은 광장이 나온다. 민주의 광장이다. 그 광장 정면으로 거대한 높이의 항쟁 추모탑이 서 있다. 소총 모양의 두 기둥 사이에 알 모양의 큰 바위가 걸려 있는데 총이 알을 품고 있는 형국이다. 민주주의를 잉태한 시민군들의 총을 상징하는 것이리라. 추모탑을 지나야 묘지다. 우산을 든 몇 명의 시민들이 참배하고 있었고(숫자는 많지 않아서 묘지는 적막했다), 그중 우산을 받쳐든 한 소년은 팔랑팔랑 묘지 사이를 뛰어다녔다. K는 그 모습이 보기 좋았다. 딱히 5·18 묘역이 아니더라도 항상 죽음들 사이를 그렇기 스스럼없이 뛰어다니렴…… 삶은 죽음에 대해 좀 친근해지고 너그러워질 필요가 있다고 그는 생각하곤 한다.

탑 오른편으로는 유영 봉안소가 있다. 이 건물에 들어설 때는 누구나 눈물을 각오해야 한다. 거기서 5·18 당시에 죽은 이들, 이후로 더 살다가(사는 일이 무척 고통스러웠으리라) 죽은 이들의 얼굴을 볼 수 있다. 건물 안에서 내내 혼자 있었지만, K는 그 고요한 시간이 좋았다. 비 떨어지는 소리가 멀리서 들렸고, 전면을 가득 채운 흑백사진 속의 얼굴들은 모두 침묵하고 있었다. 그 얼굴들에서 비장한 영웅주의를 찾아보기는 힘들었다. 그들은 다 K처럼 누구의 아들이거나 딸이었고, 누구의 남편이나 아내였던 것이다.

봉안소 반대편에 어린이 체험 학습관과 역사의 문이 있다. 봉안소에서 광장을 가로질러 그곳으로 가다보면, 두 개의 군상을 보게 된다. '무장항쟁 군상'과 '대동세상 군상'이 그것이다. 푸른 녹이 앉은 그것들은 어딘지 인위적이고 공식적이란 느낌을 준다(실은 K가 동상 일반에 대해 어떤 편견을 가지고 있는지도 모른다).

학습관은 다양한 매체들을 활용해서 다음 세대들이 5·18을 간접 체험해볼 수 있도록 꾸며놓았다. 듣고 보고 만져보는 5·18이 모토다. 1980년 5월 당시 광주의 모습을 재현해놓았고, 항쟁 일지와 사건의 경위와 역사적 문맥들을 정리해두었다. K는 아이들이 지금보다 어렸을 때, 이곳을 다녀간 적이 있다. 참관 후 메모를 남기는 방이 있었는데, 그때 딸이 뭐라고 적었는지 읽어보지 못했다. 찾아보고 싶었지만 그 많은 형형색색의 포스트잇들 속에서 딸의 말을 찾아 읽기는 힘들었다. 딸은

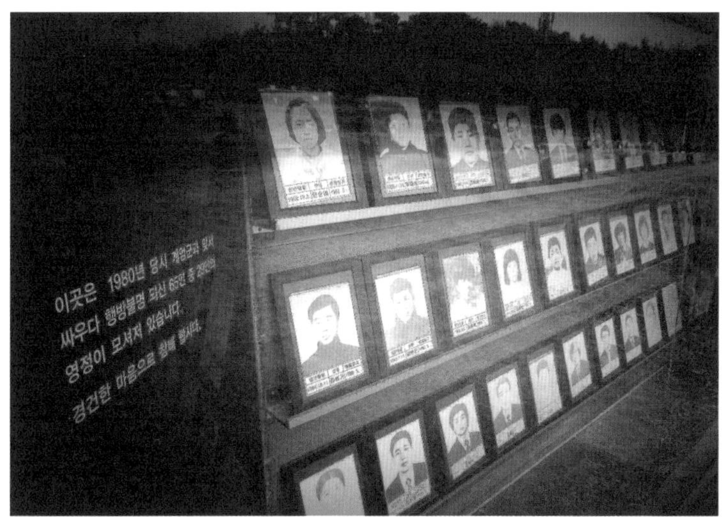


그 얼굴들에서 비장한 영웅주의를 찾아보기는 힘들었다.
그들은 다 K처럼 누구의 아들이거나 딸이었고, 누구의 남편이나 아내였던 것이다.

이 건물에 들어설 때는 누구나 눈물을 각오해야 한다.

비 떨어지는 소리가 멀리서 들렸고,
전면을 가득 채운 흑백사진 속의 얼굴들은 모두 침묵하고 있었다.

역사학자가 되고 싶어한다.

체험관까지 둘러보고 나왔을 때, K는 술 생각이 간절했다. 평소 관람객이 거의 없다보니 매점을 지키는 사내는 혼자 졸고 있었다. 조심스럽게 그를 깨워 컵라면에 맥주 한 캔을 비운 후, K는 묘지를 떠났다. 묘지를 벗어나면서, 그는 '오늘도 결국 찍지 못했구나' 라는 생각을 했다.

K는, 카메라 들이대는 일 자체를 호사 취미라 여겨지게 만드는 피사체를 잘 찍지 못한다. 베트남에서도 그랬고 캄보디아에서도 그랬다. '원 달러' 를 외치며 달려드는 아이들의 손을 찍지 못했고, 먼지 구덩이에서 국수를 먹는 노동자의 젓가락질을 찍지 못했다. 대인시장에서도 그는, 전을 지져 파는 늙은 부부의 깊은 주름살을 끝내 찍지 못했다. 그리고 K는 오늘도 감히 카메라를 들이대지 못했다.

이곳에 올 때마다 그를 결국 울게 만드는 그 묘비명…… 자신이 지금 누리고 있는 일상의 소소한 행복들을 죄다 의심하게 만드는 그 묘비명…… "여보 당신은 천사였소, 천국에서 다시 만납시다—남편". 아내의 뱃속에는 아이가 자라고 있었고, 아내는 정말이지 퇴근 후 돌아올 남편을 문밖에서 기다린 죄밖에는 없었단다.

K는 이제 가족이 있는 집으로 돌아갈 참이었다.

## Walking Sound Track

구묘역에서 K는 〈오월의 노래 1〉을 들었다. 한강의 소설 『소년이 온다』를 읽은 뒤로 꼭 한번 다시 듣고 싶던 노래였다. 노래를 부른 정마리의 목소리가 너무 맑아서, 듣다보면 어떤 귀기 같은 게 느껴진다. K는 온몸에 미세한 소름이 돋는 걸 느꼈다.

우산을 받쳐든 한 소년은 팔랑팔랑 묘지 사이를 뛰어다녔다.
K는 그 모습이 보기에 좋았다. 딱히 5·18 묘역이 아니더라도
항상 죽음들 사이를 그렇기 스스럼없이 뛰어다니렴……

# IO

## 영락공원
## : 죽음으로 미리 달려가봄

만약 우리가 살아 있는 모든 것은 '내적인' 이유로 인해서 죽는다는 것을 하나의 예외 없는 진리로서 받아들인다면, 우리는 '모든 생명체의 목적은 죽음이다'라고 말하지 않을 도리가 없다.

—지그문트 프로이트, 「쾌락원칙을 넘어서」

# 5백 원짜리 꿈

오래전 프로이트에 매료된 뒤부터 K에겐 고약한 버릇이 하나 생겼다. 자신의 꿈을 자꾸 해석해보려는 버릇이다. 비교적 생생한 꿈을 꾸다 깨면, 처음에는 그 꿈을 잊지 않기 위해 잠을 떨치고 일어나 꿈꾼 내용을 가급적 상세하게 기록했다. 이즈음엔 그렇게까지 하지는 않지만, 아직 꿈의 생생함이 사라지기 전에 그것을 자세히 외워두려고 한참 동안 깨어 있긴 마찬가지다. 그렇게 하지 않으면 의식의 검열이 그것을 순식간에 망각 속으로 묻어버리거나, 적절한 이차가공 작업을 가해 온건하게 중화시켜버린다는 사실을 알기 때문이다. K는 그렇게 해서 여러 개의 꿈 해석을 '건졌다'(K의 표현이다). 그중 하나를 소개해보면 이렇다(K는 지금 뭔가 고백이라도 하려는 듯 진지하고 솔직한 표정이다).

몇 년 전, 봄날 밤에 꾼 꿈이다. 꿈은 사각형의 이미지로 되어 있다. 무

김용우씨가 중환자실에 누워 있던 그 봄의 며칠,
K는 저 골목 끝의 소실점을 새벽마다 내려다봤다.

은 캔버스 같은 것, 혹은 극장의 스크린 같은 것이 눈앞에 펼쳐져 있다. 사각형은 정확하게 양분되어 있는데, 왼편은 아주 화려한 컬러로 이루어져 있고, 오른편은 아주 오래된 흑백 화면처럼 생겼다. 왼편 가장자리로부터 동그랗고 제법 큰 물체 하나가 오른편으로 굴러간다. K가 자세히 보니, 그것은 5백 원짜리 백동화다. 그것이 컬러 화면 쪽으로부터 굴러와 흑백 화면 쪽으로 굴러가더니, 이내 영영 화면 밖으로 사라지고 만다.

아주 짧고 단순한 꿈이었다. 그러나 사실 꿈은 그것의 외현적 이미지가 아니라 그 안에 감추어진 잠재적 꿈-사고 때문에 중요하다. 그리고 외현몽 속에 잠재된 꿈의 의미를 분석하기 위해서는 그 꿈을 꾸던 당시 꿈꾼 자의 감정 상태를 일차적인 길잡이로 삼아야 한다. 그 단순한 꿈을 꾸던 당시 K의 감정 상태는 어떠했던가? 꿈에서 깨자마자 그는 그것을 스스로에게 질문해보았다.

불안, 슬픔, 그리고 죽음이란 단어들이 한꺼번에 떠올랐다. 동전이 흑백 화면을 지나 사라질 때, K는 분명 그것을 죽음이라고 이해했고, 그래서 불안하고 슬펐다. 그 계절 즈음에 형이 지금의 K보다도 젊은 나이로 죽었으니, 그 꿈은 분명 형의 죽음과 관련된 꿈인 듯했다. 5백 원짜리 동전과 형의 죽음이라…… 내내 잊고 있었던(사실은 주도면밀하게 잊고 싶었던) 소년기 기억 하나가 K에게 고통스럽게 돌아왔다.

네 살 때 소아마비를 앓아 왼쪽 다리를 절게 된 K의 형은, 죽을 때까지 장애인이었다. 성인이 되면서 몸이 무거워질수록 의족에 의지해서야 겨우 걸음을 뗄 수 있었다. 그 육체의 장애가 그를 자학과 가학으로 내몰았고, 종내에는 술에 절어 죽게 했다. 철들고 나서야 K는 그의 광폭함을 이해했다. 형은 얼마나 뛰고 싶었을까?

그래서였는지, 어렸을 적 그가 K에게 했던 부탁과 명령의 대부분은 자신을 자전거 뒷자리에 태워달라는 거였다. 자가용은 엄두도 못 내던 시절이었으니, 남들이 뛰는 속도로 그가 달려볼 수 있는 유일한 방법은 K가 모는 자전거 뒷자리에 앉는 것 외에는 없었다. 그러나 K는 어찌 그리도 모질고 철없었는지…… 정말이지 K는 형의 그 느린 속도를 견디기 힘들었고, 자신의 어리고 연약한 다리로(사실 형의 다리에 비하면 K의 다리는 우람하기 그지없었는데) 뒤에 자신보다 더 큰 덩치(죽을 때 형은 온 몸이 부어서 정말로 거대한 덩치가 되었다)를 태우고 내디뎌야 하는 자전거 페달의 무게가 짜증나는 경우가 많았다. 자주 형의 부탁을 거절했고, 빨리 달리는 아이들과 뛰어놀았고, 그래서 얻어터지기도 여러 번이었다.

그러던 어느 날은 형이 K에게 5백 원짜리 동전 하나를 내밀었다(K는 그렇게 기억한다. 그러나 이제 생각해보니 당시에 5백 원짜리 동전이 있었는지 의아하다). 그 시절 K네 집 형편으로 5백 원이면 적은 돈이 아니었다. 그 돈을 받고서야 K는 제법 오랜 시간 동안 형을 자전거 뒷자리에 태우고 읍내 한 바퀴를 거의 다 돌아주었다.

정작 형은 그 일에 대해 죽을 때까지 단 한마디도 뱉지 않았지만(그런 기억이 아마도 그에게는 부지기수였을 터이니) K는 오랫동안 두고두고 미안했던 듯싶다. 그러고는 잊어버렸더랬다. 잊고 싶은 기억은 원래 잘 잊어지는 법이다. 형이 죽음 속으로, 그러니까 오래된 흑백 사진 같은 세계로 사라진 뒤에야 K는(정확히는 그의 무의식은) 그 5백 원에 얽힌 기억을 다시 상기해냈던 모양이다. 5백 원이 죽음 속으로 사라졌다. 꿈꾸던 때의 슬픔과 불안한 감정의 연원이 바로 거기였을 것이다.

그러나 더 솔직해지자. 이제 K는 프로이트의 사도가 되었으니, 꿈이 거의 예외 없이 꿈꾸는 자의 소망 충족이란 사실을 받아들인다. 그리고 무의식적 소망이란 항상 극단적으로 이기적이어서 슬픔과 불안을 모르는 법이란 사실도 이해한다. K는 정말 꿈속에서 형의 죽음을 슬퍼했던 것일까? 죽음 속으로 사라진 것은 형이 아니라 5백 원짜리 동전이었지 않은가? K의 불안은 형의 죽음이 아니라, 사실 그 5백 원에 얽힌 치졸한 자신의 과거가 드러날지도 모른다는 사실에서 비롯된 것이 아니었을까?

틀림없다. K는 무의식 속에서 형의 죽음을 기뻐하고 있었던 것이다. 형의 죽음은 K가 저지른 그 철면피한 실수를 아는 유일한 자가 세상에서 사라졌다는 의미가 아닌가? 꿈속에서 K는 분명 슬퍼했다. 그러나 프

이불처럼 보였으므로, K는 잠시 자신에게도 어김없이 닥치게 될 저 고요한 상태에 대한 두려움을 잊었다.

로이트라면 그 슬픔에 동의하지 않았을 것이다. 슬픔은 검열의 결과 발생한 반대 감정임에 틀림없다. 슬퍼(하는 척)함으로써 K는 5백 원짜리 동전 하나에 얽힌 그 부끄러운 기억과 죄책감을 씻어버리고자 했던 것은 아닐는지……

최근 그는 기일을 맞아 납골당에 재로 남은 형 앞에서 묵념했다. 광주를 마지막으로 걷는 날이었다. 묵념하는 내내, 손으로는 주머니 속 5백 원짜리 동전 하나를 만지작거리며 떠올린 기억들이 저와 같았다. 그는 조금 마음이 편해졌다(그러나, K에게는 안된 말이지만, 그는 자신의 5백 원짜리도 못 되는 죄책감이, 고작해야 이따위 값싼 고해성사 같은 글 한 편으로 해소될 수 있는 성질의 것이 아니란 사실을 금방 알게 될 거다). 형의 납골당은 충효동(지금은 영락공원로) 영락공원에 있다.

## 장고에게

영락공원은 망월동에서 조그마한 산 하나만 넘으면 있는 시립 묘지다. 여기에 K의 아버지 김용우씨도 재가 되어 누워 있다. 김용우씨는 2012년, 벚꽃이 마구 떨어지던 4월 18일에 죽었다. 죽기 전 그가 마지막으로 본 영화는 〈리오 브라보〉였다. 하워드 혹스 작 1959년 영화다. 존 웨인과 딘 마틴이 나온다.

절약으로는 정평이 나 있던 양반이 큰맘 먹고 디지털 TV를 들여놓더니, K에게 서부영화 있으면 가져다달래서 우선 가져다준 게 그 영화였다. 청년글방 시절에도 김용우씨는 소주 한 병을 사들고 와 서점 비디오실에서 〈옛날 옛적 서부에서〉나 〈좋은 놈, 나쁜 놈, 추한 놈〉 같은 마카로니 웨스턴 영화들을 보고 가곤 했다(실은 가망 없는 일로 힘들어하는 아들을 보러 온 거였다. K는 안주도 내놓지 못했다). 그가 의식을 놓던 날까지도, K는 프랑코 네로가 나오는 원작 영화 〈장고〉의 파일을 찾고 있었다. 더 열심히 찾았다면 김용우씨가 볼 수도 있었으리라.

김용우씨는 〈쉐인〉의 아란 랏드(그렇게 발음했다)를 좋아했고, 찰슨 브론슨과 헨리 폰다를 좋아했다. 존 웨인과 리차드 위드마크도 좋아했다. 그러니까 그는 평생 오로지 한 가지 장르의 영화만을 좋아했던 것인데, 그 마음을 K는 이제서야 좀 안다.

가난했고, 박봉의 공무원이었고, 물려받은 유산은 없었고, 자식은 넷이나 되었으니, 단 한 번도 모험이나 일탈이란 걸 감행해본 적이 없는 김용우씨였다(그가 죽은 뒤, 그의 통장에는 잔금이 350만 원 정도 남아 있었다. 오랫동안 공무원이었던 덕분에 연금은 지금도 들어오고 있는데, 노모가 그걸로 생활한다. 그는 큰아들의 방탕한 사생활을 벌충하고 남은 모든 재산을, 아내 몫으로 미리 돌려놓았다). 아들들을 단 한 번도 때려보지 않았고(K를 한 번 때린 적이 있다. 궁색한 크리스마스이브 날 밤에 국민학생 K가 되바라지게도 '우리집엔 케이크도 없어. 도대체가 낭만이 없는 집이야' 라고 씨부렸을 때다), 아내에게 큰소리를 (생애 몇 번밖에) 질러보지도 않았고, 룸살롱에서 양주 한번 마셔보지 않았으며(확인할 수는 없지만), 심심풀이 화투판에서 2백 원만 잃어도 얼굴 표정이 굳어버리지만 아들에게는 포수 미트를 사주었던……, 김용우씨의 유일한 모험, 그것은 총잡이가 나오는 영화를 보면서 주인공 역을 대신 상상해보는 정도였으리라…… 잘 울지 않는 K(실은 잘 운다. 그러나 대체로 생리적 반응일 뿐 마음을 다해 운 적은 별로 없다), 요즘은 김용우씨 생각에 종종 운다. 그는 참 훌륭한 아버지였다.

김용우씨는 4월 15일 일요일 오전에 쓰러졌다. 시제를 모시고 오는 길에 넘어졌고(조상의 귀신 따위는 없는 게 분명하다), 뇌출혈로 누웠다. 의식은 금방 사라지지 않아서, 세 시간여 동안 그는 K와 대화했다. 움직이면 곤란하다고 해서, K가 그의 변을 닦아주었다. K로서는 아버지 생전 처음이자 마지막 간병이었는데, 고작 그런 일로도 김용우씨는 몹시 부끄러워했다.

K가 들은 김용우씨의 마지막 말은 "그래, 한번 해보자"였다. 그 말을 할 때, 눈에서는 눈물 한 줄기가 흘렀던 걸로 기억한다. "아버지, 뇌출혈이 있대요. 지금부터 힘들어질 수 있어요. 정신 바짝 차리시고, 끝까지 힘내셔야 해요"라는, K의 말에 그렇게 대답했다. 그리고 목요일 정오쯤에 죽었다. 나흘, 그러니까 고작 96시간 동안만, 그는 가족을 힘들게 했다. 아니, 실은 힘들게 한 것도 아니었는데, 서울과 천안에 사는 아들들 가족이 와야 했고, 친하게 지내던 동료들(그들이 가장 슬프게 울었다)이나 이웃들과 이별할 시간 정도는 필요했고, 또 다들 얼마간 마음의 준비를 해야 했기 때문이다. 네번째 심폐소생술을 포기하기로 결정한 것은 K였다. 김용우씨, 그는 죽음마저도 그렇게 검소했다.

영락공원은 망월동에서 조그마한 산 하나만 넘으면 있는 시립묘지다.
여기에 K의 아버지 김용우씨도 재가 되어 누워 있다.
김용우씨는 2012년, 벚꽃이 마구 떨어지던 4월 18일에 죽었다.
죽기 전 그가 마지막으로 본 영화는 〈리오 브라보〉였다.

……K는 김애란의 「달려라 아비」를 읽은 적이 있다. 그 소설에는 야광 팬츠를 입고 밤의 공원을 달리는 아버지를 상상하는 주인공이 나온다. 그런데 주인공의 아버지는 이미 죽었다. 그러니 주인공의 상상은 일종의 정신 승리법이다. 얼마 전, 타란티노가 다시 만든 〈장고〉를 딸과 함께 보면서(19금 영화를 딸과 함께 보는 것은 K의 악취미들 중 하나다), K도 무의식중에 그와 같은 정신 승리법을 구사한 적이 있다.

김용우씨, 입에 불타는 시가를 물고, 파르르 떨리는 한쪽 눈꺼풀 속에는 분노를 감춘 채, 이제 곧 허리춤의 권총을 뽑아들 기세다. 손가락이 조금 떨리지만, 그것은 긴장 때문이 아니라 분노를 다스리느라 그러는 거다. 결투에는 이골이 나서, 악당을 죽이는 것은 일도 아니라는 듯, 입가에 미소가 번지고 있다. 1초도 안 되는 사이에 방아쇠는 다섯 번…… 잠시 후, 석양이 지면 몸에 구멍이 난 시신들이 즐비한 마을을 떠나, 까만 점으로 사라질 때까지 황야의 먼지 속을 쓸쓸하고 당당하게 행진이라도 할 참이다. 음악은 엔리오 모리코네……, 노을은 아름답고, 말을 탄 그의 뒷모습은 장엄하다.

그러나 (역시 K에게는 안된 말이지만), 자기 위안으로밖에 보이지 않는 저따위 황당한 정신 승리법으로, 아버지의 죽음에 대한 K의 죄책감이 해소될 수는 없다. 아버지가 쓰러지던 일요일, 그는 아버지를 자신의 차에 태우고 시제에 다녀올 수도 있었다. 김용우씨는 K의 밀린 원고 탓에 죽었다는 사실을, K가 잊을 수는 없으리라.

'죽음으로 미리 달려가봄'. 하이데거가 남긴 최고의 문구라고 K는 생각한다.

# 죽음으로 미리 달려가봄

3년 동안, K는 김용우씨가 중환자실에 누워 있던 그 세 밤 동안의 경험을 적당한 언어로 표현할 수 없었다. 그 밤에 그는 단지 슬프기만 했던 것이 아니다. 밤은 약간 장엄했고, 무서웠고, 고독했고, 지혜로웠고, 체념적이었고, 그리고……, 맞다, 무엇보다도 겸손했다. 아무튼 말하기 힘든 아주 복잡한 감정들이 그 세 밤 동안 K를 찾아왔다.

아버지는 온몸에 수십 개의 생명 유지 장치를 꽂은 채 잠들어 있었다. 그 잠이 얼마나 이어질지는 알 수 없었고, 바깥 어둠 속에서는 거대한 나무들이 마구 꽃잎들을 뿌려대고 있었다. 오래된 대학병원 마당에는 고목의 나이에 이른 벚나무들이 여러 그루 서 있었는데, 잠들 수 없어서, K는 그 꽃비 아래 잠깐씩 나와 앉아 있곤 했다. 그때 그는 자신이 죽음과 일대일로 독대하고 있다는 걸 느꼈다. 어쩔 수 없이 그 어두운 것을 받아들여야 할 것 같았고, 그럴 때면 벤치 옆에 누군가 앉아 있는 것 같기도 했다. 죽음이 삶을 완성하게 해야 한다는 생각이 들었다. 그러자니 살면서 부끄러웠던 순간들이 떠올랐지만, 한편으로 이제 방금 그것들은 모두 극복된 듯도 싶었다. 슬픈 와중에도 그는 자신이 넓어지고 있고, 또 단단해지고 있단 걸 알 수 있었다.

작년에 하이데거의 『존재와 시간』을 읽고 난 후에야, K는 그 밤의 복잡한 감정에 적합한 말을 찾아냈다. 그것은 '죽음으로 미리 달려가봄' 이었다. 하이데거는 이렇게 말한다(하이데거의 저 이상한 어법이 K의 충만했던 당시 감정을 제대로 전달할 수 있을지에 대해서는 자신이 없다).

> "미리 달려가봄은 죽음을 향한 비본래적인 존재처럼 이 건너뛸 수 없음을 회피하지 않고 오히려 그것에 대하여 자신을 자유롭게 내준다. 자신의 고유한 죽음에 대하여 미리 달려가보며 자유롭게 됨은 우연하게 밀어닥치는 가능성 속으로의 상실로부터 해방시켜주어, 현존재로 하여금 건너뛸 수 없는 가능성의 앞에 놓여 있는 현사실적 가능성들을 처음으로 비로소 본래적으로 이해하고 선택하게 한다."(마르틴 하이데거, 『존재와 시간』, 이기상 옮김, 까치, 1988, 352~353쪽)

아버지 이전에도 K는 몇 차례의 죽음을 겪은 적이 있다. 조부, 조모, 형, 외조부, 외조모, 외삼촌, 이모 들이 이미 다 기억 속에만 남아 있는 존재들이 되고 말았다. 송정리에도 이제 그들은 없다. 또래들 중에도 더러 죽은 이들이 있다. 물론 K는 그들이 하나둘 사라질 때마다 슬퍼했다. 그러나 오로지 아버지가 서서히 사라져가던 그 세 밤 동안만, K는 죽음에 대해 진정을 다해 조심했다. 그는 마음 깊이 슬펐다. 그러나 내색할 수 없는 어떤 성취감 속에서 슬펐다.

'모든 사람은 다 죽는다' 라거나, '죽음은 내세로의 귀환이다' 라거나 하는 말들은 다 죽음을 회피하기 위해, 비본래적인 '그들(상식과 편견)'이 고안해낸 방책에 불과하다. 현존재는 타인의 죽음을 통해 죽음으로 미리 달려가봄으로써 본래적 실존을 회복한다. 죽음은 피해야 할 악재가 아니라 누구에게서나 종내에는 실현될 수밖에 없는 최고의 가능성이다. 하이데거는 그렇게 말한다. 그리고 그 밤에, 자신이 바로 그런 비슷한 감정이었다고밖에 K는 달리 할말이 없다.

K는 아버지도 그런 죽음을 맞기를 바랐다. 그러나 그럴 수 없었다. 의학은 확실히 권력이었고 게다가 무소불위였다. 면회는 하루 두 번뿐이었고, 환자는 자신의 죽음을 결정할 수 없었다. 생명 유지 장치들은 환자 자신의 의사를 묻지 않았다. 유언을 남길 새도 없었고, 김용우씨가 그토록 사랑하던 손자들과 하나하나 눈을 맞춰볼 시간도 없었다. 그래서 죽음의 순간, 그의 뇌리 속에서 삶이 파노라마처럼 완성되는 일 따위는 일어나지 않았다. 그러나 K는 대들지 못했다.

김용우씨는 방부 처리 되었다. 냉장 보관 되었고, K는 염할 때 그를 다시 보았다. 입가에 미소도 만들고, 수술 자국은 화장으로 감췄다. K는 장례식장도 적절한 가격에 계약했다. 화투 한 벌, 나무젓가락 한 개까지 계산은 정확했다. 사고사였으므로 경찰이 몇 번 다녀갔고(그의 죽음은 그렇게 합법화되었다), 손님들은 의례적으로 슬퍼하다가 돌아갔다(김용우씨의 오래된 동료들만이 진정으로 슬픔을 감추지 못했다). 최종적으로 김용우씨는 재가 되었고, 사람 머리 크기만한 항아리에 담긴 후, 살아 있는 것들과 멀리 격리된 공원 묘지에 묻혔다.

영락공원 평장 묘역이었고, 장례는 그렇게 (참 위생적이고 쿨하게) 잘 끝났다.

# 완전한 절대공동체

우리 시대에 죽음은 절대, 하이데거가 바라던 방식으로 처리되지 않는다. K가 아버지의 장례를 치르면서 느꼈던 바가 그것이었다. 우리 시대(푸코라면 '생명정치' 시대라고 불렀을 것이다)에 위생, 안전, 청결은 구호의 수준을 넘어서 거의 강제에 이르고 있다. 죽음을 떠올리거나, 죽음을 연상시키는 모든 행위는 범법, 일탈, 불온의 이름으로 단죄의 대상이 되고, 묘지는 생활계를 벗어나 살아 있는 자들에게 불쾌하지 않도록 멀리 교외로 추방당한다. 병자들은 죽음의 냄새를 풍기기 시작하는 순간 가족의 품을 벗어나 병원으로 '격리' 되고, 죽은 자들은 공포 영화 속에나 등장해서 시즙과 썩은 피를 흘리며 조롱당하고 악마화된다.

그러나 사람들이 죽음에 호의적이었던 시절도 있기는 있었으리라. K가 학문이란 걸 시작하던 초입에 읽었던 필리프 아리에스의 『죽음 앞에 선

가족들 말고도 K가 알았던 훨씬 더 많은 사람들이 아마 여기에 묻혀 있을 것이다.
광주 살면서 한 번쯤 어깨를 스쳐갔거나, 같은 초등학교를 다녔거나, 이웃에 살았던 뭐 그런 사람들.

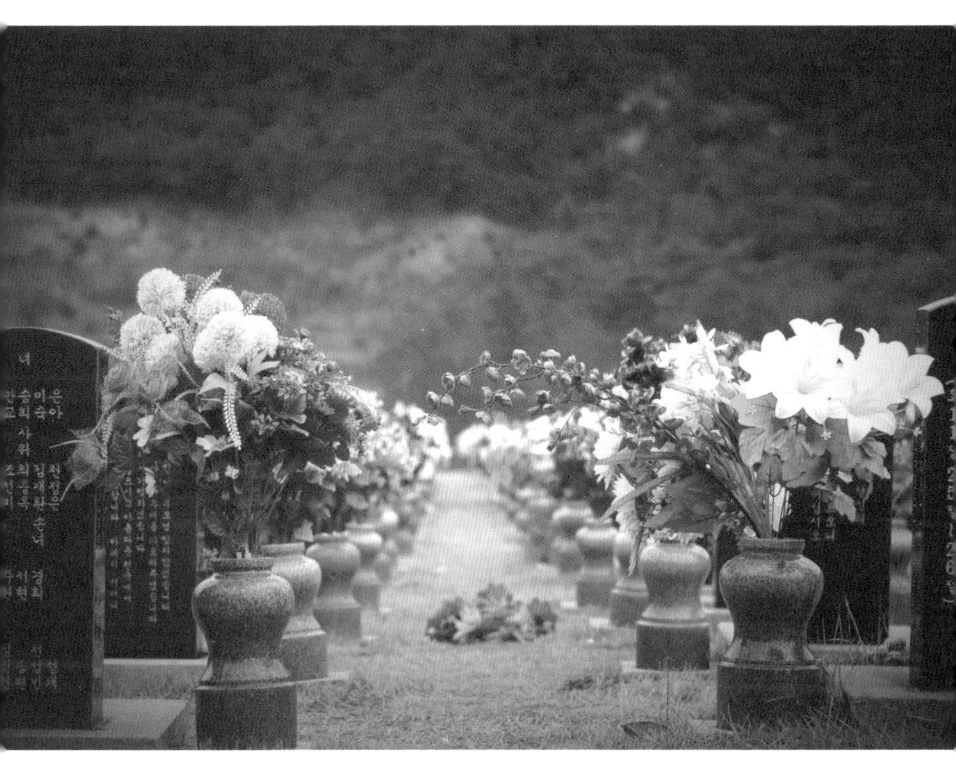

생각해보면 여기는 완벽한 공동체였다.

인간』에는 그런 시절이 기록되어 있다.

"살아 있는 사람과 죽은 사람과의 바로 이러한 혼재가 라틴적인 서구 사회에서 18세기까지의 특징을 이룬다. (……) 교회의 신도들은 야외의 설교단에서 행해지는 설교사의 설교를 경청한다. 다시 말해 그곳에서는 모든 종류의 종교행사와 더불어 카톨릭 동맹시대(16세기 말의 종교전쟁 시대)의 군사동원 등 온갖 소집 행사가 이루어졌는데…… 묘지는 연인들이 서로의 약속을 주고받는 장소이기도 하였던 것이다."(필리프 아리에스, 『죽음 앞에 선 인간』, 유선자 옮김, 동문선, 1997, 63쪽)

묘지가 모든 종류의 종교 행사와, 군사적 집회, 심지어는 연인들의 밀회를 위한 장소이기도 했던 시절이 있었단다. 죽은 자들이 살아 있는 자들과 화해롭던 시절도 있었다는 말이다.

이런 사례는 유럽만의 것일까? K는 아니라고 생각한다. 그는 자신이 매일 일하는 밭 한가운데 남편의 묘지를 만든 친척 노인을 알고 있다. 일하다 거기서 쉬고, 거기서 새참을 먹는다. 죽은 자들이 이즈음처럼 외롭고 기괴한 존재가 된 것은 사실 '근대' 이후의 일이다. '살아서, 생산하라'. K가 생각하기에 근대화된 한국은 오로지 그 말밖에 할 줄 모르는 벙어리에 가깝다.

그러나 삶과 생산에 모든 것을 투자한 사람들도 필시 다 죽는다. 근대보다도 죽음의 힘이 더 센 셈이다(신자유주의자들도 죽겠지. 전두환도 노태우도……). 영락공원 평장 묘지에 들를 때마다 몰라보게 늘어나는 묘비들을 보면서, K는 그 사실을 실감한다. 당연한 말이겠지만 김용우씨는 이제 영락공원의 말단 신참이 아니다. 그사이 어마어마하게 많은 묘들이 들어섰고, 영락공원 인근 야산은 지금도 산을 깎아 묘지 터를 닦는 공사가 한창이다. 이대로라면 망월동 시립 묘지가 그랬던 것처럼 영락공원도 곧 만원이 되고 말리라.

K는 묘지 전체를 한차례 빙 둘러보았다. 저 많은 무덤들 중에는 형의 무덤도 있고, R의 무덤도 있다. 선산으로 이장하기 전까지 외조부도 여기 묻혀 있었고, 외삼촌의 유골함은 형의 납골묘 바로 위에 마치 무슨 2층집을 같이 쓰듯 나란히 안치되어 있었다. 그러나 생각해보면, 가족들 말고도 K가 알았던 훨씬 더 많은 사람들이 아마 여기에 묻혀 있을 것이다. 광주 살면서 한 번쯤 어깨를 스쳤거나, 같은 초등학교를 다녔거나, 이웃에 살았던, 뭐 그런 사람들……

K가 아는 더 많은 사람들이 앞으로도 여기 묻히게 될 것이다. K가 모르는 사이 그를 사랑했던 여인들, 별일도 아닌 걸로 K가 증오했던 사내들, K 탓에 큰 곤란을 겪었음에도 불구하고 K를 한 번도 미워하지 않았던 사내들, 또 K의 노모와 아내와 아들과 딸과 또 그 아들과 딸들, 그리

고 별 이변이 없다면 K 자신도…… 김용우씨 무덤 앞에 소주 한 잔을 따라놓고, 담배 한 대를 피우며 쪼그려 앉아 있을라치면 K에게 드는 생각들이다.

그래서 그는 이 묘지가 편안하다. 광주 사람이라면 대체로 여기서들 만나게 되어 있고, 다들 여기서 온갖 은원으로부터 해방되기 마련이니까…… 죽음은 누구나에게 예외가 없어서, 이곳에서는 그저 물질로 돌아간 재들의 평등뿐, 위계도 계급도 차별도 쟁투도 사랑도 증오도, 심지어 무관심마저도 있을 수 없을 테니까……

광주를 다 걸은 후, 이제 김용우씨 무덤 앞에 앉은 K는 차분해 보였다. 그는 일시적이지도 충동적이지도 않은, 어떤 영원한 '절대공동체'의 일원이 되어버린 것 같은 표정을 지은 채로, 얼마간 거기 더 앉아 있었다. 생각해보면 여기는 완벽한 절대공동체였다.

## Walking Sound Track

이제 독자들도 충분히 알게 되었을 테지만, K는 나잇값을 못할 만큼 감상적인 사람이다. 얼마나 감상적인가 하면 그는 어느 여름날 밤 산책길, 느닷없는 소나기를 피하면서 우연히 들었던 음악 한 곡을 자신이 죽는 날 들을 최후의 노래로 미리 정해두기까지 했다. 처음 듣던 날, 마치 하늘에서 소리가 쏟아지는 것 같은 느낌을 받았다고 한다. 아이슬란드 밴드 Sigur Ros의 곡이다. 제목은 〈Ara Batur〉인데, '노를 저어라'라는 의미다.

걸어본다 09 | 광주
평론가 K는 광주에서만 살았다


**초판 1쇄 발행** 2016년 10월 25일
**초판 3쇄 발행** 2019년 11월 8일
**지은이** 김형중
**펴낸이** 김민정
**편집** 김필균 도한나
**디자인** 한혜진
**마케팅** 정민호 박보람 나해진 최원석 우상욱
**홍보** 김희숙 김상만 오혜림 지문희 우상희
**제작** 강신은 김동욱 임현식
**제작처** 영신사
**펴낸곳** (주)난다
**출판등록** 2016년 8월 25일 제406-2016-000108호
**주소** 10881 경기도 파주시 회동길 210
**전자우편** nandatoogo@gmail.com **트위터** @blackinana **인스타그램** @nandaisart
**문의전화** 031-955-8865(편집) 031-955-8890(마케팅) 031-955-8855(팩스)

ISBN 979-11-959077-0-0 03810


○ 난다는 (주)문학동네의 계열사입니다.
○ 이 도서의 국립중앙도서관 출판예정도서목록(CIP)은 서지정보유통지원시스템 홈페이지(http://seoji.nl.go.kr)와 국가자료공동목록시스템(http://www.nl.go.kr/kolisnet)에서 이용하실 수 있습니다.(CIP제어번호: CIP2016024051)